〔唐〕韓愈 著　廣陵書社 編

韓愈詩文選

廣陵書社
中國·揚州

U0645162

圖書在版編目（CIP）數據

韓愈詩文選 / （唐）韓愈著 ; 廣陵書社編. -- 揚州：廣陵書社，2024. 6. -- （國學經典叢書）. -- ISBN 978-7-5554-2310-2

Ⅰ. I214.232

中國國家版本館CIP數據核字第20247X73K5號

書　　名　韓愈詩文選
撰　　者　〔唐〕韓　愈　著　廣陵書社　編
責任編輯　王　丹
出 版 人　劉　棟
裝幀設計　鴻儒文軒

出版發行　廣陵書社
揚州市四望亭路 2-4 號　郵編：225001
(0514) 85228081（總編辦）　85228088（發行部）
http://www.yzglpub.com　E-mail:yzglss@163.com
印　　刷　三河市華東印刷有限公司

開　　本　880 毫米×1230 毫米　1/32
印　　張　6.25
字　　數　68 千字
版　　次　2024 年 6 月第 1 版
印　　次　2024 年 6 月第 1 次印刷
書　　號　ISBN 978-7-5554-2310-2
定　　價　45.00 圓

韓文公

公嘗官潮州刺史潮人廟祀公東坡作碑中云文起八代之衰而道濟天下之溺忠犯人主之怒而勇奪三軍之帥此豈非參天地關盛衰浩然而獨存者乎又曰公之精誠能開衡嶽之雲而不能回憲宗之惑能馴鱷魚之暴而不能弭皇甫鎛李逢吉之謗能信於南海之民廟食百世而不能使其身一日安於朝廷之上蓋公之所能者天也其所不能者人也

公諱愈字退之鄧州南陽人生三歲而孤隨伯兄會貶官嶺表會卒嫂鄭鞠之公自知讀書日記數千百言比長盡能通六經百家學擢進士第仕至吏部侍郎長慶四年卒年五十七贈禮部尚書謚曰文公性明鋭不詭隨與人交終始不少變成就後進皆徃知名經其指授皆稱諱門弟子凡内外親若交友無後者為嫁遣孤女而恤其家嫂鄭喪為服期以報文章涂探本元卓然樹立成一家言其原道原性師説數十篇皆奥衍閎深佐佑六經至他文造端置辭要為不蹈襲前人者

編輯説明

自上世紀九十年代末始，我社陸續編輯出版一套綫裝本中華傳統文化普及讀物，名爲《文華叢書》。編者孜孜矻矻，兀兀窮年，歷經二十餘載，聚爲上百種，集腋成裘，蔚爲可觀。叢書以内容經典、形式古雅、編校精審，深受讀者歡迎，不少品種已不斷重印，常銷常新。

國學經典，百讀不厭，其中蘊含的生活情趣、生命哲理、人生智慧，以及家國情懷、歷史經驗、宇宙真諦，令人回味無窮，啓迪至深。爲了方便讀者閱讀國學原典，更廣泛地普及傳統文化，特于《文華叢書》基礎上，重加編輯，推出《國學經典叢書》。

本叢書甄選國學之基本典籍，萃精華于一編。以内容言，所選均爲家喻户曉的經典名著，涵蓋經史子集，包羅詩詞文賦、小品蒙書，琳琅滿目；以篇幅言，每種規模不大，或數種彙于一書，便于誦讀；以形式言，採用傳統版式，字大文簡，賞心悦目；以編輯言，力求精擇良善版本，細加校勘，注重精讀原文，偶作簡明小注，或酌配古典版畫，體現編輯的匠心。

當下國學典籍的出版方興未艾，品質參差不齊。希望這套我社經年打造的品牌叢書，能爲讀者朋友閲讀經典提供真正的精善讀本。

廣陵書社編輯部

二〇二三年三月

出版説明

韓愈（七六八—八二四），字退之，河南河陽（今河南孟州市）人，因自称『郡望昌黎』，故世稱『韓昌黎』，唐代思想家、文學家。

韓愈所處的時代正值八年安史之亂結束，各地藩鎮林立。中央朝廷既依賴於藩鎮的支持，又對這些地方勢力心存顧忌，而藩鎮也時常與朝廷對抗，極大削弱了中央集權。宦官專政問題在這一時期也日益凸顯。特别是安史之亂後，皇帝與大臣産生隔閡，轉而更加倚重『家奴』身份的宦官。宦官如李輔國、程元振、魚朝恩等人活躍在政治舞臺之上，專權驕横，嚴重破壞了正常的行政體制。以上皆關係到國家穩定與社會的長治久安，政統的穩固岌岌可危。

另外，在思想文化領域，佛道二教發展迅速。道教被用來神化皇權，因而受到唐代統治者的尊崇；佛教在唐代宗派林立，安史之亂後一度掀起崇佛狂潮。佛道二教呈現壓儒之勢，衝擊着儒家道統的傳承。

在這樣的背景下，以韓愈爲領袖的唐代士人出於對現實的憂慮，開展了一場『古文運動』。中唐古文運動要求改革文體，恢復古文傳統，用散文的形式代替空洞、奢靡的駢文，重述儒學精神，從而對道，即周孔以來的社會根本價值觀重新解釋，進而達到維護政統的目的。

具體而言，韓愈主張『文以明道』：『君子居其位，則思死其官；未得位，則思修其辭以明其道。我將以明道也。』這也是中唐古文運動的綱領性主張。韓愈所明之『道』，與道家、佛家之道相區別，乃是符合仁義的儒家之道：『博愛之謂仁，行而宜之之謂義，由是而之焉之謂道，足乎己無待於外之謂德。』儒家的道是一脉相承的，有明確的譜系，即道統：『堯以是傳之舜，舜以是傳之禹，禹以是傳之湯，湯以是傳之文、武、周公，文、武、周公傳之孔子，孔子傳之孟軻。軻之死，不得其傳焉。』韓愈以衛道士自居，意圖接續孟子之後的道統，聲稱：『使其道由愈而粗傳，雖滅死，萬萬無恨。』

與道相配合的文，韓愈也同樣重視。他説：『愈之志在古道，又甚好其言辭。』韓愈之前，社會沿襲六朝文風，加之唐代科舉以駢文爲應試文體，駢文始終佔據主導地位。它雖然以對偶精工、雕琢華美取勝，但寫作越來越程式化，從而導致形式主義。而早在北朝至唐初，就已有變駢爲散的創作實踐，西魏蘇綽甚至脱離實際地追摹古人，把文章寫得艱澀難懂，藝術價值不高。韓愈的散文創作則突破舊有局面，包含萬象，豐富多彩，

『實不能定以一格』。簡而言之，韓愈的議論文，邏輯嚴謹，條理清晰；議論的同時善於與比喻結合，增强文學性。記叙文則洗練生動，『記事者必提其要』，爲文精闢，具有概括性。抒情文扣人心弦，在抒發個人情感之外，往往包含對社會、人生的思考，熱烈而不失深刻。

韓愈雖然倡導復『古道』，寫『古文』，但是又積極追求創新。他在《答劉正夫書》中説，爲文『宜師古聖賢人』，不過要『師其意，不師其辭』。在《答李翊書》中，韓愈更是提出『惟陳言之務去』的觀點。劉熙載分析：『所謂「陳言」者，非必剿襲古人之説認爲己有也，只識見議論落於凡近，未能高出一頭，深入一境，自「結撰至思」者觀之，皆「陳言」也。』也就是説，『務去陳言』一方面指語言上要摒弃陳詞濫調，『詞必己出』；另一方面指立意上要不落窠臼。

韓愈的詩歌在他所在的時代寂寂無聞，他本人也大約將詩歌視作一方『私人空間』，正所謂『多情懷酒伴，餘事作詩人』，因而創作起來猶如『開掛』。韓愈詩有奇崛險怪的一面。他常常選擇『生』『怪』的意象，寫驚浪，寫蛟龍，寫猩鼯，寫蝙蝠……皆是不同尋常之物。他以奇特的審美，通過『造語』營造詩歌境界，追求『險語破鬼膽，高詞媲皇墳』『觀怪忽蕩漾，叩奇獨冥搜』。因此，葉燮評價其詩：『唐詩爲八代以來一大變，韓愈爲唐詩之一大變。其力大，其思雄，崛起特爲鼻祖。』韓愈詩亦有平易近人的一面。他以日常瑣事入詩，叙述與朋友的友誼，描寫自己的相貌，勾勒荒山古寺的清净……於平凡中尋找詩情畫意。

以上是對韓愈文學理論與創作特色的部分總結。

此次編選、點校，以東雅堂本《昌黎先生集》爲底本，精選近四十首詩與三十餘篇散文，作品之後均附有評箋，供讀者參考。爲增加讀者對韓愈人生的全面瞭解，書後附録四篇他人所撰祭文、傳記。書中疏漏舛誤之處，敬請讀者批評指正。

廣陵書社編輯部

二〇二四年二月

目録

古體詩選

近體詩選

文選

附録

古體詩選

古風

今日曷不樂？幸時不用兵。無曰既蹙矣，乃尚可以生。
彼州之賦，去汝不顧。此州之役，去我奚適？
一邑之水，可走而違。天下湯湯，曷其而歸？
好我衣服，甘我飲食。無念百年，聊樂一日。

【評箋】

刺賦役之困也。言民避彼州之賦，去其土著而不顧。然避至此州，而客籍之丁役，又安所逃哉！汝，謂彼州也；用《碩鼠》詩「逝將去女」。我，謂此州也。安、史之後，方鎮相望，跨州連郡，兵驕則逐帥，帥强則叛上。軍旅不息，重斂因之，此云『幸時不用兵』，當作於德宗朝，非憲宗時事。（陳沆《詩比興箋》）

此日足可惜贈張籍

此日足可惜，此酒不足嘗。捨酒去相語，共分一日光。
念昔未知子，孟君自南方。自矜有所得，言子有文章。
我名屬相府，欲往不得行。思之不可見，百端在中腸。
維時月魄死，冬日朝在房。驅馳公事退，聞子適及城。
命車載之至，引坐於中堂。開懷聽其説，往往副所望。
孔丘殁已遠，仁義路久荒。紛紛百家起，詭怪相披猖。

長老守所聞，後生習爲常。少知誠難得，純粹古已亡。
譬彼植園木，有根易爲長。留之不遣去，館置城西旁。
歲時未云幾，浩浩觀湖江。衆夫指之笑，謂我知不明。
兒童畏雷電，魚鱉驚夜光。州家舉進士，選試繆所當。
馳辭對我策，章句何煒煌。相公朝服立，工席歌鹿鳴。
禮終樂亦闋，相拜送於庭。之子去須臾，赫赫流盛名。
竊喜復竊嘆，諒知有所成。人事安可恒，奄忽令我傷。
聞子高第日，正從相公喪。哀情逢吉語，惝怳難爲雙。
暮宿偃師西，徒展轉在牀。夜聞汴州亂，繞壁行傍徨。
我時留妻子，倉卒不及將。相見不復期，零落甘所丁。
驕女未絶乳，念之不能忘。忽如在我所，耳若聞啼聲。

中途安得返，一日不可更。俄有東來説，我家免罹殃。
乘船下汴水，東去趨彭城。從喪朝至洛，還走不及停。
假道經盟津，出入行澗岡。日西入軍門，羸馬顛且僵。
主人願少留，延入陳壺觴。卑賤不敢辭，忽忽心如狂。
飲食豈知味，絲竹徒轟轟。平明脱身去，決若驚鳧翔。
黄昏次汜水，欲過無舟航。號呼久乃至，夜濟十里黄。
中流上灘潭，沙水不可詳。驚波暗合沓，星宿争翻芒。
轅馬蹢躅鳴，左右泣僕童。甲午憩時門，臨泉窺鬥龍。
東南出陳許，陂澤平茫茫。道邊草木花，紅紫相低昂。
百里不逢人，角角雄雉鳴。行行二月暮，乃及徐南疆。
下馬步堤岸，上船拜吾兄。誰云經艱難，百口無夭殤。

僕射南陽公，宅我睢水陽。簏中有餘衣，盎中有餘糧。
閉門讀書史，窗户忽已凉。日念子來游，子豈知我情。
别離未爲久，辛苦多所經。對食每不飽，共言無倦聽。
連延三十日，晨坐達五更。我友二三子，宦游在西京。
東野窺禹穴，李翱觀濤江。蕭條千萬里，會合安可逢。
淮之水舒舒，楚山直叢叢。子又捨我去，我懷焉所窮。
男兒不再壯，百歲如風狂。高爵尚可求，無爲守一鄉。

【評箋】

退之筆力，無施不可，而嘗以詩爲文章末事。故其詩曰『多情懷酒伴，餘事作詩人』也。然其資談笑，助諧謔，叙人情，狀物態，一寓於詩，而曲盡其妙。此在雄文大手固不足論，而余獨愛其工於用韻也。蓋其得韻寬，則波瀾横溢，泛入傍韻，乍還乍離，出入迴合，殆不可拘以常格，如《此日足可惜》之類是也；得韵窄，則不復傍出，而因難見巧，愈險愈奇，如《病中贈張十八》之類是也。（歐陽修《六一詩話》）

退之五言古，如『屑屑水帝魂』『猛虎雖云惡』『駑駘誠齷齪』『雙鳥海外來』『失子將何尤』『中虛得暴下』等篇，鑿空構撰；『木之就規矩』，議論周悉；『此日足可惜』，又似書牘。此皆以文爲詩，實開宋人門户耳。（許學夷《詩源辨體》）

齪齪

齪齪當世士，所憂在飢寒。但見賤者悲，不聞貴者嘆。
大賢事業异，遠抱非俗觀。報國心皎潔，念時涕汍瀾。
妖姬坐左右，柔指發哀彈。酒肴雖日陳，感激寧爲歡。

秋陰欺白日，泥潦不少乾。河堤決東郡，老弱隨驚湍。
天意固有屬，誰能詰其端。願辱太守薦，得充諫諍官。
排雲叫閶闔，披腹呈琅玕。致君豈無術，自進誠獨難。

【評箋】

貞元十五年，鄭、滑大水。此篇大抵言當世之士，齪齪無能爲國慮者。（高棅《唐詩品彙》）

『願辱太守薦，得充諫諍官』，是公之素願。後公爲御史，即上《天旱人饑疏》，其志事已定於此。可知古人立言，皆發於中誠，非僅學爲口頭伎倆也。（程學恂《韓詩臆説》）

雉帶劍

原頭火燒靜兀兀，野雉畏鷹出復没。
將軍欲以巧伏人，盤馬彎弓惜不發。
地形漸窄觀者多，雉驚弓滿勁箭加。
衝人決起百餘尺，紅翎白鏃隨傾斜。
將軍仰笑軍吏賀，五色離披馬前墮。

【評箋】

李將軍度不中不發，發必應弦而倒，審量於未彎弓之先，此矜惜於已彎弓之候，總不肯輕見其技也。作文作詩，亦須得此意。（沈德潛《唐詩別裁》）

歸彭城

天下兵又動，太平竟何時？訏謨者誰子，無乃失所宜。
前年關中旱，閭井多死飢。去歲東郡水，生民爲流尸。
上天不虛應，禍福各有隨。我欲進短策，無由至彤墀。
刳肝以爲紙，瀝血以書辭。上言陳堯舜，下言引龍夔。
言詞多感激，文字少葳蕤。一讀已自怪，再尋良自疑。
食芹雖云美，獻御固已痴。緘封在骨髓，耿耿空自奇。
昨者到京師，屢陪高車馳。周行多俊异，議論無瑕疵。
見待頗异禮，未能去毛皮。到口不敢吐，徐徐俟其巇。
歸來戎馬間，驚顧似羈雌。連日或不語，終朝見相欺。

乘間輒騎馬，茫茫詣空陂。遇酒即酩酊，君知我爲誰？

【評箋】

一肚皮不合時宜，無所發洩，於此章吐之，究竟不能盡吐。一起一結，感嘆何窮。（查慎行《初白菴詩評》）

醉贈張祕書

人皆勸我酒，我若耳不聞。今日到君家，呼酒持勸君。

爲此座上客，及余各能文。君詩多態度，藹藹春空雲。

東野動驚俗，天葩吐奇芬。張籍學古淡，軒鶴避雞群。

阿買不識字，頗知書八分。詩成使之寫，亦足張吾軍。

所以欲得酒，爲文俟其醺。酒味既泠洌，酒氣又氛氲。
性情漸浩浩，諧笑方云云。此誠得酒意，餘外徒繽紛。
長安衆富兒，盤饌羅羶葷。不解文字飲，惟能醉紅裙。
雖得一餉樂，有如聚飛蚊。今我及數子，固無蕕與薰。
險語破鬼膽，高詞媲皇墳。至寶不雕琢，神功謝鋤耘。
方今向泰平，元凱承華勛。吾徒幸無事，庶以窮朝曛。

【評箋】

《醉贈張祕書》謂座客能文，性情浩浩，爲得酒意；而『富兒』『紅裙』之醉，如聚飛蚊，可謂逸興。卒章有云：『至寶不雕琢，神功謝鋤耘。』此謂文字混然天成之妙也。公之自得蓋如此。（黄震《黄氏日抄》）

韓昌黎詩云：『險語破鬼膽，高詞媲皇墳。』此是公自贊其詩，不可徒作贊他人

詩看。然皆經籍光芒，故險而實平。（李調元《雨村詩話》）

『高詞媲皇墳』與『至寶不雕琢，神功謝鋤耘』是兩境。上言『艱窮怪變』，下言『平淡』。此公自述兼此二能，不拘一律也。（方東樹《昭昧詹言》）

赴江陵途中寄贈王二十補闕李十一拾遺李二十六員外翰林三學士

孤臣昔放逐，血泣追愆尤。汗漫不省識，怳如乘桴浮。
或自疑上疏，上疏豈其由？是年京師旱，田畝少所收。
上憐民無食，征賦半已休。有司恤經費，未免煩徵求。
富者既云急，貧者固已流。傳聞閭里間，赤子弃渠溝。

持男易斗粟，掉臂莫肯酬。我時出衢路，餓者何其稠。
親逢道邊死，佇立久咿嚘。歸舍不能食，有如魚中鈎。
適會除御史，誠當得言秋。拜疏移閤門，爲忠寧自謀。
上陳人疾苦，無令絶其喉。下陳畿甸内，根本理宜優。
積雪驗豐熟，幸寬待蠶麰。天子惻然感，司空嘆綢繆。
謂言即施設，乃反遷炎州。同官盡才俊，偏善柳與劉。
或慮語言洩，傳之落冤讎。二子不宜爾，將疑斷還不。
中使臨門遣，頃刻不得留。病妹卧牀褥，分知隔明幽。
悲啼乞就别，百請不頷頭。弱妻抱稚子，出拜忘慚羞。
僶勉不迴顧，行行詣連州。朝爲青雲士，暮作白首囚。
商山季冬月，冰凍絶行輈。春風洞庭浪，出没驚孤舟。

逾嶺到所任，低顏奉君侯。酸寒何足道，隨事生瘡疣。
遠地觸途异，吏民似猿猴。生獰多忿很，辭舌紛嘲啁。
白日屋檐下，雙鳴鬥鵂鶹。有蛇類兩首，有蠱群飛游。
窮冬或摇扇，盛夏或重裘。颶起最可畏，訇哮簸陵丘。
雷霆助光怪，氣象難比侔。癘疫忽潛遘，十家無一瘳。
猜嫌動置毒，對案輒懷愁。前日遇恩赦，私心喜還憂。
果然又羈縶，不得歸鋤耰。此府雄且大，騰凌盡戈矛。
棲棲法曹掾，何處事卑陬？生平企仁義，所學皆孔周。
早知大理官，不列三后儔。何况親犴獄，敲搒發奸偷。
懸知失事勢，恐自罹罝罘。湘水清且急，凉風日修修。
胡爲首歸路，旅泊尚夷猶。昨者京使至，嗣皇傳冕旒。

赫然下明詔，首罪誅共吺。復聞顛夭輩，峨冠進鴻疇。

班行再肅穆，璜珮鳴琅璆。佇繼貞觀烈，邊封脱兜鍪。

三賢推侍從，卓犖傾枚鄒。高議參造化，清文焕皇猷。

協心輔齊聖，致理同毛輶。《小雅》詠鳴鹿，食蘋貴呦呦。

遺風邈不嗣，豈憶嘗同裯。失志早衰换，前期擬蜉蝣。

自從齒牙缺，始慕舌爲柔。因疾鼻又塞，漸能等薰蕕。

深思罷官去，畢命依松楸。空懷焉能果？但見歲已遒。

殷湯閔禽獸，解網祝蛛蝥。雷焕掘寶劍，冤氛消斗牛。

兹道誠可尚，誰能借前籌？殷勤謝吾友，明月非暗投。

【評箋】

《赴江陵途中》詩次叙明密，是記事之體。内有云：『早知大理官，不列三后儔。

何况親犴獄，敲搒發姦偷。』此語可警世俗。（黄震《黄氏日抄》）

此詩詳切懇惻，其述飢荒、離別二段，亦彷佛工部，較勝《南山》數籌。（蔣之翹《唐韓昌黎輯注》）

岳陽樓别竇司直

洞庭九州間，厥大誰與讓。南滙群崖水，北注何奔放。
瀦爲七百里，吞納各殊狀。自古澄不清，環混無歸向。
炎風日搜攪，幽怪多冗長。軒然大波起，宇宙隘而妨。
巍峨拔嵩華，騰踔較健壯。聲音一何宏，轟輵車萬兩。
猶疑帝軒轅，張樂就空曠。蛟螭露笋簴，縞練吹組帳。

鬼神非人世，節奏頗跌踼。陽施見誇麗，陰閉感淒愴。
朝過宜春口，極北缺堤障。夜纜巴陵洲，叢芮纔可傍。
星河盡涵泳，俯仰迷下上。餘瀾怒不已，喧聒鳴甕盎。
明登岳陽樓，輝煥朝日亮。飛廉戢其威，清晏息纖纊。
泓澄湛凝綠，物影巧相況。江豚時出戲，驚波忽蕩瀁。
時當冬之孟，隙竅縮寒漲。前臨指近岸，側坐眇難望。
滌濯神魂醒，幽懷舒以暢。主人孩童舊，握手乍忻悵。
憐我竄逐歸，相見得無恙。開筵交履舄，爛漫倒家釀。
杯行無留停，高柱送清唱。中盤進橙栗，投擲傾脯醬。
歡窮悲心生，婉孌不能忘。念昔始讀書，志欲干霸王。
屠龍破千金，爲藝亦云亢。愛才不擇行，觸事得讒謗。

前年出官由，此禍最無妄。公卿采虚名，擢拜識天仗。
姦猜畏彈射，斥逐恣欺誑。新恩移府庭，逼側廁諸將。
于嗟苦駑緩，但懼失宜當。追思南渡時，魚腹甘所葬。
嚴程迫風帆，劈箭入高浪。顛沈在須臾，忠鯁誰復諒。
生還真可喜，剋己自懲創。庶從今日後，粗識得與喪。
事多改前好，趣有獲新尚。誓耕十畝田，不取萬乘相。
細君知蠶織，稚子已能餉。行當掛其冠，生死君一訪。

【評箋】

過岳陽樓，觀杜子美詩，不過四十字爾，氣象閎放，涵蓄深遠，殆與洞庭争雄，所謂『富哉言乎』者。太白、退之輩，率爲大篇，極其筆力，終不逮也。杜詩雖小而大，餘詩雖大而小。（唐庚《唐子西文録》）

前兩段陽開陰闔，入賓司直後見忠直被謗，而以追思南渡數語挽轉前半，筆力矯然。（沈德潛《唐詩別裁》）

調張籍

李杜文章在，光焰萬丈長。不知群兒愚，那用故謗傷。
蚍蜉撼大樹，可笑不自量。伊我生其後，舉頸遥相望。
夜夢多見之，晝思反微茫。徒觀斧鑿痕，不矚治水航。
想當施手時，巨刃磨天揚。垠崖劃崩豁，乾坤擺雷硠。
惟此兩夫子，家居率荒凉。帝欲長吟哦，故遣起且僵。
翦翎送籠中，使看百鳥翔。平生千萬篇，金薤垂琳琅。

仙官敕六丁，雷電下取將。流落人間者，太山一毫芒。
我願生兩翅，捕逐出八荒。精誠忽交通，百怪入我腸。
刺手拔鯨牙，舉瓢酌天漿。騰身跨汗漫，不著織女襄。
顧語地上友，經營無太忙。乞君飛霞珮，與我高頡頏。

【評箋】

公作此詩爲元微之發，蓋元稹作李、杜優劣論，先杜後李故耳。（《朱文公校昌黎先生集》卷六引魏道輔語）

言平生欲學者，惟在李、杜，故夢寐見之，更冀生羽翼以追逐之。見籍有志于古，亦當以此爲正宗，無用歧趨也。元微之尊杜而抑李，昌黎則李、杜并尊，各有見地。至謂『群兒愚』指微之，魏道輔之言，未可援引。（沈德潛《唐詩别裁》）

聽穎師彈琴

昵昵兒女語，恩怨相爾汝。
劃然變軒昂，勇士赴敵場。
浮雲柳絮無根蒂，天地闊遠隨飛揚。
喧啾百鳥群，忽見孤鳳凰。
躋攀分寸不可上，失勢一落千丈强。
嗟余有兩耳，未省聽絲篁。
自聞穎師彈，起坐在一旁。
推手遽止之，濕衣泪滂滂。
穎乎爾誠能，無以冰炭置我腸。

【評箋】

『昵昵兒女語，恩怨相爾汝。劃然變軒昂，勇士赴敵場。』此退之《聽穎師琴》詩也。歐陽文忠公嘗問僕：『琴詩何者最佳？』余以此答之。公言此詩固奇麗，然自是聽琵琶詩。（蘇軾《東坡題跋》）

韓退之《聽穎師彈琴》詩云：『浮雲柳絮無根蒂，天地闊遠隨飛揚。』此泛聲也，謂輕非絲、重非木也。『喧啾百鳥群，忽見孤鳳凰。』泛聲中寄指聲也。『躋攀分寸不可上，』吟繹聲也。『失勢一落千丈強，』順下聲也。僕不曉琴，聞之善琴者云，此數聲最難工。自文忠公與東坡論此詩，作聽琵琶詩之後，後生隨例云云。柳下惠則可，吾則不可。故特論之，少爲退之雪冤。（許顗《彥周詩話》）

琴操十首 并序

其一 將歸操

孔子之趙，聞殺鳴犢作。

狄之水兮，其色幽幽。我將濟兮，不得其由。
涉其淺兮，石齧我足。乘其深兮，龍入我舟。
我濟而悔兮，將安歸尤？歸兮歸兮，無與石鬥兮，無應龍求。

其二 猗蘭操

孔子傷不逢時作。

蘭之猗猗，揚揚其香。不採而佩，於蘭何傷？
今天之旋，其曷爲然？我行四方，以日以年。

雪霜貿貿，薺麥之茂。子如不傷，我不爾覯。
薺麥之茂，薺麥之有。君子之傷，君子之守。

其三　龜山操

孔子以季桓子受齊女樂，諫不從，望龜山而作。

龜之氛兮，不能雲雨。龜之枿兮，不中梁柱。
龜之大兮，祇以奄魯。知將隳兮，哀莫余伍。
周公有鬼兮，嗟余歸輔。

其四　越裳操

周公作。

雨之施，物以孳，我何意於彼爲？
自周之先，其艱其勤。以有疆宇，私我後人。

我祖在上，四方在下。厥臨孔威，敢戲以侮。

孰荒于門？孰治于田？四海既均，越裳是臣。

其五　拘幽操

文王羑里作。

目窈窈兮，其凝其盲。耳肅肅兮，聽不聞聲。

朝不日出兮，夜不見月與星。有知無知兮，爲死爲生？

嗚呼！臣罪當誅兮，天王聖明。

其六　岐山操

周公爲大王作。

我家于豳，自我先公。伊我承序，敢有不同？

今狄之人，將土我疆。民爲我戰，誰使死傷？

彼岐有岨，我往獨處。爾莫余追，無思我悲。

其七　履霜操

尹吉甫子伯奇無罪，爲後母譖而見逐，自傷作。

父兮兒寒，母兮兒飢。兒罪當笞，逐兒何爲？

兒在中野，以宿以處。四無人聲，誰與兒語。

兒寒何衣？兒飢何食？兒行于野，履霜以足。

母生衆兒，有母憐之。獨無母憐，兒寧不悲。

其八　雉朝飛操

牧犢子七十無妻，見雉雙飛，感之而作。

雉之飛，于朝日。群雌孤雄，意氣橫出。

當東而西，當啄而飛。隨飛隨啄，群雌粥粥。

嗟我雖人，曾不如彼雉雞。生身七十年，無一妾與妃。

其九　别鵠操

商陵穆子娶妻五年無子，父母欲其改娶。其妻聞之，中夜悲嘯，穆子感之而作。

雄鵠銜枝來，雌鵠啄泥歸。巢成不生子，大義當乖離。

江漢水之大，鵠身鳥之微。更無相逢日，且可繞樹相隨飛。

其十　殘形操

曾子夢見一狸不見其首作。

有獸維狸兮，我夢得之。其身孔明兮，而頭不知。

吉凶何爲兮，覺坐而思。巫咸上天兮，識者其誰？

【評箋】

吾謂西漢後，獨《敕勒歌》暨韓退之十《琴操》近古。（王灼《碧雞漫志》）

韓退之《琴操》極高古，正是本色，非唐賢所及。（嚴羽《滄浪詩話》）

《琴操》十章，未定爲何年所作，但其言皆有感發。如『罪臣當誅』二語，與《潮州謝上表》所云『正名定罪，萬死猶輕』之意正同。蓋入潮以後，憂深思遠，借古賢以自寫其性情也。若《水仙》《懷陵》二操，於義無取，則不復作矣。（方世舉《韓昌黎詩集編年箋注》）

南山詩

吾聞京城南，兹維群山囿。東西兩際海，巨細難悉究。

山經及地志，茫昧非受授。團辭試提挈，挂一念萬漏。

欲休諒不能，粗叙所經覯。嘗升崇丘望，戢戢見相湊。
晴明出棱角，縷脉碎分繡。蒸嵐相澒洞，表裏忽通透。
無風自飄簸，融液煦柔茂。横雲時平凝，點點露數岫。
天空浮修眉，濃緑畫新就。孤撑有巉絶，海浴褰鵬噣。
春陽潛沮洳，濯濯吐深秀。岩巒雖嵂崒，軟弱類含酎。
夏炎百木盛，蔭鬱增埋覆。神靈日歊歔，雲氣争結構。
秋霜喜刻轢，磔卓立癯瘦。參差相疊重，剛耿陵宇宙。
冬行雖幽墨，冰雪工琢鏤。新曦照危峨，億丈恒高袤。
明昏無停態，頃刻异狀候。西南雄太白，突起莫間簉。
藩都配德運，分宅占丁戊。逍遥越坤位，詆訐陷乾竇。
空虚寒兢兢，風氣較搜漱。朱維方燒日，陰霰縱騰糅。

昆明大池北，去覩偶晴晝。綿聯窮俯視，倒側困清漚。
微瀾動水面，踊躍躁猱狖。驚呼惜破碎，仰喜呀不仆。
前尋徑杜墅，岔蔽畢原陋。崎嶇上軒昂，始得觀覽富。
行行將遂窮，嶺陸煩互走。勃然思坼裂，擁掩難恕宥。
巨靈與夸蛾，遠賈期必售。還疑造物意，固護蓄精祐。
力雖能排斡，雷電怯呵詬。攀緣脱手足，蹭蹬抵積甃。
茫如試矯首，堛塞生怐愗。威容喪蕭爽，近新迷遠舊。
拘官計日月，欲進不可又。因緣窺其湫，凝湛閟陰獸。
魚蝦可俯掇，神物安敢寇。林柯有脱葉，欲墮鳥驚救。
争銜彎環飛，投弃急哺鷇。旋歸道迴睨，達枿壯復奏。
吁嗟信奇怪，峙質能化貿。前年遭譴謫，探歷得邂逅。

初從藍田入，顧眄勞頸脰。時天晦大雪，泪目苦矇瞀。
峻塗拖長冰，直上若懸溜。褰衣步推馬，顛蹶退且復。
蒼黄忘遐睎，所矚纔左右。杉篁吒蒲蘇，杲耀攢介冑。
專心憶平道，脱險逾避臭。昨來逢清霽，宿願忻始副。
峥嶸躋冢頂，倐閃雜鼯鼬。前低劃開闊，爛漫堆衆皺。
或連若相從，或蹙若相鬥。或妥若弭伏，或竦若驚雊。
或散若瓦解，或赴若輻湊。或翩若船游，或决若馬驟。
或背若相惡，或向若相佑。或亂若抽笋，或嵲若炷灸。
或錯若繪畫，或繚若篆籀。或羅若星離，或蓊若雲逗。
或浮若波濤，或碎若鋤耨。或如賁育倫，賭勝勇前購。
先强勢已出，後鈍嗔詎譳。或如帝王尊，叢集朝賤幼。

雖親不褻狎，雖遠不悖謬。或如臨食案，肴核紛飣餖。
又如游九原，墳墓包槨柩。或纍若盆甖，或揭若甑豆。
或覆若曝鼈，或頹若寢獸。或蜿若藏龍，或翼若搏鷲。
或齊若友朋，或隨若先後。或迸若流落，或顧若宿留。
或戾若仇讎，或密若婚媾。或儼若峨冠，或翻若舞袖。
或屹若戰陣，或圍若蒐狩。或靡然東注，或偃然北首。
或如火熺焰，或若氣饙餾。或行而不輟，或遺而不收。
或斜而不倚，或弛而不彀。或赤若禿鬜，或燻若柴槱。
或如龜坼兆，或若卦分繇。或前横若剥，或後斷若姤。
延延離又屬，夬夬叛還遘。喁喁魚闖萍，落落月經宿。
誾誾樹牆垣，巘巘架庫廄。參參削劍戟，煥煥銜瑩琇。

敷敷花披萼，闟闟屋摧霤。悠悠舒而安，兀兀狂以狃。

超超出猶奔，蠢蠢駭不懋。大哉立天地，經紀肖營腠。

厥初孰開張？僶俛誰勸侑？創兹朴而巧，戮力忍勞疚。

得非施斧斤？無乃假詛呪？鴻荒竟無傳，功大莫酬僦。

嘗聞於祠官，芬苾降歆嗅。斐然作歌詩，惟用贊報酭。

【評箋】

退之《南山》詩，每句用『或』字：『或連若相從，或蹙若相鬥』而下，五十句皆用『或』字。《詩·北山之什》，自『或燕燕居息』而下，用『或』字廿有二，此其例也。（朱翌《猗覺寮雜記》）

韓退之《南山》詩，用杜詩《北征》詩體作。（曾季貍《艇齋詩話》）

《鴟鴞》詩連下十『予』字，《蓼莪》詩連下九『我』字，《北山》詩連下十二『或』字，情至不覺音之繁、辭之複也。後昌黎《南山》用《北山》之體而張大之，（下五十餘『或』字。）然情不深而侈其詞，只是漢賦體段。（沈德潛《説詩晬語》）

不讀《南山》詩，那識五言材力，放之可以至於如是，猶賦中之《兩京》《三都》乎？彼以囊括苞符，此以鐫鑱造化。（管世銘《讀雪山房唐詩凡例》）

山石

山石犖确行徑微，黄昏到寺蝙蝠飛。
升堂坐階新雨足，芭蕉葉大支子肥。
僧言古壁佛畫好，以火來照所見稀。
鋪牀拂席置羹飯，疏糲亦足飽我飢。

夜深静卧百蟲絶，清月出嶺光入扉。
天明獨去無道路，出入高下窮烟霏。
山紅澗碧紛爛漫，時見松櫪皆十圍。
當流赤足蹋澗石，水聲激激風吹衣。
人生如此自可樂，豈必局束爲人鞿。
嗟哉吾黨二三子，安得至老不更歸。

【評箋】

昌黎詩陳言務去，故有倚天拔地之意。《山石》一作，辭奇意幽，可爲《楚辭·招隱士》對，如柳州《天對》例也。（劉熙載《藝概》）

直書即目，無意求工而文自至。一變謝家模範之迹，如畫家之有荆、關也。「清月出嶺光入扉」，從晦中轉到明。「出入高下窮烟霏」，「窮烟霏」三字是山中平明真景，從明中仍帶晦，都是雨後興象，又即發端『犖确』『黄昏』二句中所包蘊也。『當流赤足蹋澗石』二句，顧『雨足』。（何焯《義門讀書記》）

陸渾山火和皇甫湜用其韵

皇甫補官古賁渾，時當玄冬澤乾源。
山狂谷很相吐吞，風怒不休何軒軒。
擺磨出火以自燔，有聲夜中驚莫原。
天跳地踔顛乾坤，赫赫上照窮崖垠。
截然高周燒四垣，神焦鬼爛無逃門，
三光弛隳不復暾。虎熊麋豬逮猴猿，

水龍鼉龜魚與黿，鴉鴟雕鷹雉鵠鵾，
燖炰煨爊孰飛奔。祝融告休酌卑尊，
錯陳齊玫闢華園，芙蓉披猖塞鮮繁。
千鐘萬鼓咽耳喧，攢雜啾嚄沸篪塤，
彤幢絳旃紫纛旛。炎官熱屬朱冠褌，
髹其肉皮通髀臀。頹胸垤腹車掀轅，
緹顏靺股豹兩鞬。霞車虹靷日轂轓，
丹蕤縓蓋緋繙帤。紅帷赤幕羅脈膰，
衁池波風肉陵屯。谽呀鉅壑頗黎盆，
豆登五山瀛四罇，熙熙釂醻笑語言。
雷公擘山海水翻，齒牙嚼齧舌齶反，

電光磯礴頳目暖。項冥收威避玄根，
斥弃輿馬背厥孫，縮身潛喘拳肩跟。
君臣相憐加愛恩，命黑螭偵焚其元。
天關悠悠不可援，夢通上帝血面論。
側身欲進叱於閽，帝賜九河湔涕痕。
又詔巫陽反其魂，徐命之前問何冤。
火行於冬古所存，我如禁之絶其飧。
女丁婦壬傳世婚，一朝結讎奈後昆。
時行當反慎藏蹲，視桃著花可小騫。
月及申酉利復怨，助汝五龍從九鯤，
溺厥邑囚之崑崙。皇甫作詩止睡昏，

辭誇出真遂上焚。要余和增怪又煩，
雖欲悔舌不可捫。

【評箋】

昌黎《陸渾山火》詩，造語險怪，初讀殆不可曉。及觀《韓氏全解》，謂此詩始言火勢之盛，次言祝融之御火，其下則水火相剋相濟之説也。題云『和皇甫湜韵』，湜與李翱皆從公學文，翱得公之正，湜得公之奇。此篇蓋戲效其體，而過之遠甚。東坡有《雲龍山火》詩，亦步驟此體，然用意措辭皆不逮也。（瞿佑《歸田詩話》）

只是詠野燒耳，寫得如此天動地岐。憑空結撰，心花怒放。（愛新覺羅·弘曆《唐宋詩醇》）

寄盧仝

玉川先生洛城裏，破屋數間而已矣。
一奴長鬚不裹頭，一婢赤脚老無齒。
辛勤奉養十餘人，上有慈親下妻子。
先生結髮憎俗徒，閉門不出動一紀。
至今鄰僧乞米送，僕忝縣尹能不恥。
俸錢供給公私餘，時致薄少助祭祀。
勸參留守謁大尹，言語纔及輒掩耳。
水北山人得名聲，去年去作幕下士。
水南山人又繼往，鞍馬僕從塞閭里。

少室山人索價高，兩以諫官徵不起。
彼皆刺口論世事，有力未免遭驅使。
先生事業不可量，惟用法律自繩己。
《春秋》三傳束高閣，獨抱遺經究終始。
往年弄筆嘲同异，怪辭驚衆謗不已。
近來自説尋坦塗，猶上虛空跨緑駬。
去歲生兒名添丁，意令與國充耘耔。
國家丁口連四海，豈無農夫親耒耜。
先生抱才終大用，宰相未許終不仕。
假如不在陳力列，立言垂範亦足恃。
苗裔當蒙十世宥，豈謂貽厥無基址。

故知忠孝生天性，潔身亂倫定足擬。
昨晚長鬚來下狀，隔牆惡少惡難似。
每騎屋山下窺闞，渾舍驚怕走折趾。
憑依婚媾欺官吏，不信令行能禁止。
先生受屈未曾語，忽此來告良有以。
嗟我身爲赤縣令，操權不用欲何俟。
立召賊曹呼伍伯，盡取鼠輩尸諸市。
先生又遣長鬚來，如此處置非所喜。
况又時當長養節，都邑未可猛政理。
先生固是余所畏，度量不敢窺涯涘。
放縱是誰之過歟，效尤戮僕愧前史。

買羊沽酒謝不敏，偶逢明月曜桃李。
先生有意許降臨，更遣長鬚致雙鯉。

【評箋】

韓吏部《贈玉川》詩曰：『水北山人得聲名，去年去作幕下士。水南山人又繼往，鞍馬僕從塞閭里。少室山人索價高，兩以諫議徵不起。』又曰：『先生抱材須大用，宰相未許終不仕。』王向子直謂韓與處士作牙人，商度物價也。（劉攽《中山詩話》）

昌黎自言其行己不敢有愧於道，余謂其取友亦然。觀其《寄盧仝》云：『先生事業不可量，惟用法律自繩己。』薦孟郊云：『行身踐規矩，甘辱耻媚竈。』以盧、孟之詩名，而韓所盛推，乃在人品，真千古論詩之極則也哉！（劉熙載《藝概》）

石鼓歌

張生手持石鼓文，勸我試作石鼓歌。
少陵無人謫仙死，才薄將奈石鼓何。
周綱陵遲四海沸，宣王憤起揮天戈。
大開明堂受朝賀，諸侯劍珮鳴相磨。
蒐于岐陽騁雄俊，萬里禽獸皆遮羅。
鐫功勒成告萬世，鑿石作鼓隳嵯峨。
從臣才藝咸第一，揀選撰刻留山阿。
雨淋日炙野火燎，鬼物守護煩撝呵。
公從何處得紙本，毫髮盡備無差訛。

辭嚴義密讀難曉，字體不類隸與科。
年深豈免有缺畫，快劍斫斷生蛟鼉。
鸞翔鳳翥衆仙下，珊瑚碧樹交枝柯。
金繩鐵索鎖紐壯，古鼎躍水龍騰梭。
陋儒編詩不收入，二《雅》褊迫無委蛇。
孔子西行不到秦，掎摭星宿遺羲娥。
嗟余好古生苦晚，對此涕泪雙滂沱。
憶昔初蒙博士徵，其年始改稱元和。
故人從軍在右輔，爲我度量掘臼科。
濯冠沐浴告祭酒，如此至寶存豈多。
氈苞席裹可立致，十鼓秖載數駱駝。

薦諸太廟比郜鼎，光價豈止百倍過。
聖恩若許留太學，諸生講解得切磋。
觀經鴻都尚填咽，坐見舉國來奔波。
剜苔剔蘚露節角，安置妥帖平不頗。
大廈深檐與蓋覆，經歷久遠期無佗。
中朝大官老於事，詎肯感激徒媕婀。
牧童敲火牛礪角，誰復著手爲摩挲。
日銷月鑠就埋没，六年西顧空吟哦。
羲之俗書趁姿媚，數紙尚可博白鵝。
繼周八代爭戰罷，無人收拾理則那。
方今太平日無事，柄任儒術崇丘軻。

安能以此上論列，願借辯口如懸河。

石鼓之歌止於此，嗚呼吾意其蹉跎。

【評箋】

文士爲文，有矜誇過實，雖韓文公不能免。如《石鼓歌》，極道宣王之事，偉矣。至云『孔子西行不到秦，掎摭星宿遺羲娥』，『陋儒編詩不收拾，二《雅》褊迫無委蛇』，是謂『三百篇』皆如星宿，獨此詩如日月也。『二《雅》褊迫』之語，尤非所宜言。今世所傳石鼓之詞尚在，豈能出《吉日》《車攻》之右？安知非經聖人所删乎？（洪邁《容齋隨筆》）

東坡《石鼓》，飛動奇縱，有不可一世之概，故自佳。然似有意使才，又貪使事，不及韓氣體肅穆沈重。海峰謂蘇勝韓，非篤論也。以余較之，坡《石鼓》不如韓；韓《石鼓》又不如杜《李潮八分小篆歌》文法縱横，高古奇妙，要之此三詩更古今天壤，如華

嶽山峰矣。（方東樹《昭昧詹言》）

華山女

街東街西講佛經，撞鐘吹螺鬧宫庭。
廣張罪福資誘脅，聽衆狎恰排浮萍。
黄衣道士亦講説，座下寥落如明星。
華山女兒家奉道，欲驅异教歸仙靈。
洗粧拭面著冠帔，白咽紅頰長眉青。
遂來昇座演真訣，觀門不許人開扃。
不知誰人暗相報，訇然振動如雷霆。

掃除衆寺人迹絶，驊騮塞路連輜軿。
觀中人滿坐觀外，後至無地無由聽。
抽釵脱釧解環佩，堆金疊玉光青熒。
天門貴人傳詔召，六宫願識師顔形。
玉皇頷首許歸去，乘龍駕鶴來青冥。
豪家少年豈知道，來繞百匝脚不停。
雲窗霧閣事慌惚，重重翠幔深金屏。
仙梯難攀俗緣重，浪憑青鳥通丁寧。

【評箋】

或怪公排斥佛、老不遺餘力，而於《華山女》獨假借如此，非也。此正譏其衒姿首、假仙靈以惑衆，又譏時君不察，使失行婦人得入宫禁耳。觀其卒章『豪家少年』『雲窗

霧閣』、『翠幔』『金屏』、『青鳥』『丁寧』等語，褻慢甚矣，豈真以神仙處之哉！（朱熹《昌黎先生集考异》）

韓詩無非《雅》也，然則有時乎近《風》，如《誰家子》《華山女》《僧澄觀》，則近於《風》乎。（吴沆《環溪詩話》）

近體詩選

湘中

猿愁魚踊水翻波，自古流傳是汨羅。
蘋藻滿盤無處奠，空聞漁父叩舷歌。

【評箋】

首句寫景兼抒情。二句點題。三句轉變。四句題後搖曳。劉長卿《過賈誼宅》云：『湘水無情吊豈知！』等此意也。凡學爲詩，宜分體與品者，如讀《題木居士二首》，而知一種刻劃手段，不宜尚也；讀此一首，而知一種憑吊心情，不能假也。（皎然《詩式》）

盆池五首

其一

老翁真箇似童兒，汲水埋盆作小池。
一夜青蛙鳴到曉，恰如方口釣魚時。

其二

莫道盆池作不成，藕梢初種已齊生。
從今有雨君須記，來聽蕭蕭打葉聲。

其三

瓦沼晨朝水自清，小蟲無數不知名。
忽然分散無蹤影，惟有魚兒作隊行。

其四

泥盆淺小詎成池，夜半青蛙聖得知。

一聽暗來將伴侣，不煩鳴唤鬥雄雌。

其五

池光天影共青青，拍岸纔添水數瓶。

且待夜深明月去，試看涵泳幾多星。

【評箋】

韓律詩誠多不工，惟此五首却有致。貢父以『老翁』『童兒』句少之，鄙矣。若獨取『拍岸』『青蛙』二句，亦無解處。予謂『忽然分散無蹤影，惟有魚兒作隊行』『且待夜深明月去，試看涵泳幾多星』，乃好句也。（程學恂《韓詩臆説》）

春雪

新年都未有芳華，二月初驚見草芽。
白雪却嫌春色晚，故穿庭樹作飛花。

【評箋】

《文選》以謝惠連《雪賦》入物色類。雪於諸物色中最難賦，而賦春雪則須切『春』字，尤難於賦雪。此詩首句、二句從『春』字咀嚼而出，看似與雪無涉，而全爲三句、四句作勢，幾於無處不切『雪』字。三句、四句兜轉，備具雪意、雪景，不呆寫雪，而『雪』字自見，不死做春，而『春』字自在。四句一氣相生，以視尋常斧鑿者，徒見彫斲之痕，其相去遠矣。按昌黎賦春雪又有五言十韵。方氏虛谷謂『行天馬度橋』一句爲絶唱，刻劃至此，洵臻絶妙，而視『故穿庭樹作飛花』句，不拘拘於妝點，而有超以象外、得其

環中之妙，似不及此也。（朱寶瑩《詩式》）

次潼關先寄張十二閣老使君

荆山已去華山來，日出潼關四扇開。

刺史莫辭迎候遠，相公親破蔡州迴。

【評箋】

『望岱』一題，若入他人手，不知作多少語？少陵只以四韵了之，彌見簡勁。『齊魯青未了』五字，囊括數千里，可謂雄闊。後來唯退之『荆山已去華山來』七字足以敵之。（施補華《峴傭説詩》）

説歌舞入關，不着一字，盡於言外傳之，所以爲妙。（程學恂《韓詩臆説》）

早春呈水部張十八員外二首

其一

天街小雨潤如酥，草色遥看近却無。
最是一年春好處，絶勝花柳滿皇都。

其二

莫道官忙身老大，即無年少逐春心。
憑君先到江頭看，柳色如今深未深。

【評箋】

『天街小雨潤如酥，草色遥看近却無。最是一年春好處，絶勝烟柳滿皇都。』此退之《早春》詩也。『荷盡已無擎雨蓋，菊殘猶有傲霜枝。一年好景君須記，最是橙黄橘

緑時。』此子瞻《初冬》詩也。二詩意思頗同而詞殊，皆曲盡其妙。（胡仔《苕溪漁隱叢話後集》）

春雪間早梅

梅將雪共春，彩豔不相因。逐吹能争密，排枝巧妒新。
誰令香滿座，獨使浄無塵。芳意饒呈瑞，寒光助照人。
玲瓏開已遍，點綴坐來頻。那是俱疑似，須知兩逼真。
熒煌初亂眼，浩蕩忽迷神。未許瓊華比，從將玉樹親。
先期迎獻歲，更伴占兹晨。願得長輝映，輕微敢自珍。

【評箋】

汗血千里馬，必能折旋蟻封。昌黎，大才也。文與六經相表裏，《史》《漢》并肩而驅者。其爲大篇詩，險韻長句，一筆百千字。而所賦一小著題詩，如雪，如笋，如牡丹、櫻桃、榴花、蒲萄，一句一字不輕下。此題必當時有同賦者。『春雪』『早梅』中著一『間』字，只『彩艷不相因』一句五字已佳矣。『彩』言雪，『艷』言梅，本不相資，而成此美句，是非相爲得之意。『芳意饒呈瑞』，以言梅之芳，又饒以雪之祥瑞。『寒光助照人』，以言雪之光，足助乎梅之映照。錯綜用工，亦云密矣。學者作詩，謂不思而得，喝咄叫怒，即可成章，吾不信也。惟『更伴占茲辰』一句，恐有誤。束大才於小詩之間，惟五言律爲最難。昌黎此詩，賦至十韻，較元微之《春雪映早梅》多四韻。題既甚難，非少放春容不可也。柳子厚有《早梅》詩，古體仄韻：『早梅發高樹，迥映楚天碧。朔吹飄夜香，繁霜滋曉日。欲焉萬里贈，杳杳山水隔。寒英坐銷落，何用慰遠客。』單賦早梅，不爲律，易鍛鍊也。譬如《雪》詩：『千山鳥飛絶，萬徑人蹤滅。孤舟蓑笠翁，獨釣寒江雪。』爲古體則可，極天下之奇；爲律體則不可矣。昌黎『將策試』『聽窗知』六字爲荆公引用，亦是費若干思索。律體尤難，古體差易故也。（方回《瀛奎律髓》）

送桂州嚴大夫

蒼蒼森八桂，兹地在湘南。江作青羅帶，山如碧玉篸。
户多輸翠羽，家自種黄甘。遠勝登仙去，飛鸞不假驂。

【評箋】

韓退之詩云：『水作青羅帶，山爲碧玉簪。』柳子厚詩云：『海上群山若劍鋩，秋來處處割愁腸。』陸道士云：『二公當時不相計會，好做成一屬對。』東坡爲之對云：『繫悶豈無羅帶水，割愁還有劍鋩山。』此可編入詩話也。（蘇軾《東坡題跋》）

左遷至藍關示侄孫湘

一封朝奏九重天，夕貶潮陽路八千。
欲爲聖明除弊事，肯將衰朽惜殘年！
雲横秦嶺家何在？雪擁藍關馬不前。
知汝遠來應有意，好收吾骨瘴江邊。

【評箋】

韓退之『雪擁藍關』，『馬不前』三字出古樂府《飲馬長城窟行》：『驅馬涉陰山，山高馬不前。』（曾季貍《艇齋詩話》）

語極凄切，却不衰颯。三、四是一篇之骨，末二句即歸繳此意。（李慶甲《瀛奎律髓彙評》引紀昀語）

争臣論

或問諫議大夫陽城於愈：『可以爲有道之士乎哉？學廣而聞多，不求聞於人也；行古人之道，居於晉之鄙，晉之鄙人薰其德而善良者幾千人。大臣聞而薦之，天子以爲諫議大夫。人皆以爲華，陽子不色喜。居於位五年矣，視其德如在野，彼豈以富貴移易其心哉？』愈應之曰：『是《易》所謂「恒其德，貞，而夫子凶」者也，惡得爲有道之士乎哉！在《易·蠱》之上九云：「不事王侯，高尚其事。」《蹇》之六二則曰：「王臣蹇蹇，匪躬之故。」夫不以所居之時不一，而所蹈之德不同也。若《蠱》之上九，居無用之地，而致匪躬之節；以《蹇》之六二，在王臣之位，而高不事之心，則冒進之患生，曠官之刺興，志不可則而尤不終無也。今陽子在位不爲不久矣，聞天下之得失不爲不熟矣，天子待之不爲不加矣；而未嘗一言及於政，視政之得失，若越人視秦人之肥瘠，忽焉不加喜戚於其心。問其官，則曰諫議也；問其祿，則曰下大夫之秩也；問其政，則曰我不知也。有道之士，固如是乎哉！且吾聞之：「有官守者，不得其職則去；有言責者，不得其言則去。」今陽子以爲得其言言乎哉？得其言而不言，與不得其言而不去，無一可者也。陽子將爲祿仕乎？古之人有云：「仕不爲貧，而有時乎爲貧。」謂祿仕者也。宜乎辭尊而居卑，辭富而居貧，若抱關擊柝者可也。蓋孔子嘗爲委吏矣，嘗爲乘田矣，亦不敢曠其職；必曰會計當而已矣，必曰牛羊遂而已矣。若陽子之秩祿，不爲卑且貧，章章明矣。

而如此，其可乎哉！』

或曰：『否，非若此也。夫陽子惡訕上者，惡爲人臣招其君之過而以爲名者。故雖諫且議，使人不得而知焉。《書》曰：「爾有嘉謨嘉猷，則入告爾後于內，爾乃順之于外。曰：斯謨斯猷，惟我后之德。」夫陽子之用心亦若此者。』愈應之曰：『若陽子之用心如此，滋所謂惑者矣。入則諫其君，出不使人知者，大臣宰相者之事，非陽子之所宜行也。夫陽子本以布衣，隱於蓬蒿之下；主上嘉其行誼，擢在此位。官以諫爲名，誠宜有以奉其職，使四方後代知朝廷有直言骨鯁之臣，天子有不僭賞、從諫如流之美。庶巖穴之士，聞而慕之，束帶結髮，願進於闕下而伸其辭說，致吾君於堯舜，熙鴻號於無窮也。若《書》所謂，則大臣宰相之事，非陽子之所宜行也。且陽子之心，將使君人者惡聞其過乎？是啓之也。』

或曰：『陽子之不求聞而人聞之，不求用而君用之，不得已而起，守其道而不變，何子過之深也？』愈曰：『自古聖人賢士皆非有求於聞用也。閔其時之不平，人之不乂，得其道不敢獨善其身，而必以兼濟天下也。孜孜矻矻，死而後已。故禹過家門不入，孔席不暇暖，而墨突不得黔。彼二聖一賢者，豈不知自安佚之爲樂哉？誠畏天命而悲人窮也。夫天授人以賢聖才能，豈使自有餘而已？誠欲以補其不足者也。耳目之於身也，耳司聞而目司見，聽其是非，視其險易，然後身得安焉。聖賢者，時人之耳目也；時人者，聖賢之身也。且陽子之不賢，則將役於賢以奉其上矣；若果賢，則固畏天命而閔人窮也，惡得以自暇逸乎哉？』

或曰：『吾聞君子不欲加諸人，而惡訐以爲直者。若吾子之論，直則直矣，無乃傷于德而費於辭乎？好盡言以招人過，國武子之所以見殺於齊也，吾子其亦聞乎？』愈曰：『君子居其位，則思死其官；未得位，則思修其辭以明其道。我將以明道也，非以爲直而加人也。且國武子不能得善人而好盡言於亂國，是以見殺。《傳》曰：「惟善人能受盡言。」謂其聞而能改之也。子告我曰：「陽子可以爲有道之士也。」今雖不能及已，陽子將不得爲善人乎哉！』

【評箋】

韓愈作《諍臣論》，年甚少，是時意盛，謂天下事但當如是爲之，及出入憂患終不能有所爲，去陽城遠矣。城與元德秀，卷舒以己而不以人，唐人未有及者，近於東漢人矣。（葉適《習學記言序目》）

截然四問四答，而首尾關鍵如一綫。（茅坤《唐宋八大家文鈔》）

與馮宿論文書

辱示《初筮賦》，實有意思。但力爲之，古人不難到。但不知直似古人，亦何得於今人也？僕爲文久，每自則意中以爲好，則人必以爲惡矣。小稱意，人亦小怪之；大稱意，即人必大怪之也。時時應事作俗下文字，下筆令人慚，及示人，則人以爲好矣。小慚者，亦蒙謂之小好；大慚者，即必以爲大好矣。不知古文直何用於今世也？然以俟知者知耳。

昔揚子雲著《太玄》，人皆笑之。子雲之言曰：『世不我知，無害也。後世復有揚子雲，必好之矣。』子雲死近千載，竟未有揚子雲，可嘆也。其時桓譚亦以爲雄書勝《老子》。老子未足道也，子雲豈止與老子爭强而已乎？此未爲知雄者。其弟子侯芭頗知之，以爲其師之書勝《周易》，然侯之他文不見於世，不知其人果如何耳。以此而言，作者不祈人之知也明矣。直百世以俟聖人而不惑，質諸鬼神而不疑耳。足下豈不謂然乎？

近李翺從僕學文，頗有所得。然其人家貧多事，未能卒其業。有張籍者，年長於翺，而亦學於僕，其文與翺相上下，一二年業之，庶幾乎至也。然閔其弃俗尚，而從於寂寞之道，以之争名於時也。

久不談，聊感足下能自進於此，故復發憤一道。愈再拜。

【評箋】

凡有血氣，皆有争心。人心之不同，如其面焉。故雖末藝鄙事，欲造其至，皆不祈人之知，而惟求己之是。謂夫己所獨知者，本不得有人知之，理也。雖然迨其是也，則必合乎離血氣而存之性。離血氣而存之性，貊與越一人也，黄、農、虞、夏與今一時也。則又人必知之，而不得自終於己獨知之理也。昌黎之於文，於此寅深喻之。深喻之，則藝也，進乎道矣。至其以揚雄爲勝《老子》，又述侯芭勝《周易》之語，所爲溺愛者不明。迨其作《送王塤序》，述孟、荀而不及揚，則晚年更進一籌矣。（愛新覺羅·弘曆《唐宋文淳》）

師説

古之學者必有師。師者，所以傳道受業解惑也。人非生而知之者，孰能無惑？惑而不從師，其爲惑也，終不解矣。生乎吾前，其聞道也，固先乎吾，吾從而師之；生乎吾後，其聞道也，亦先乎吾，吾從而師之。吾師道也，夫庸知其年之先後生於吾乎？是故無貴無賤，無長無少，道之所存，師之所存也。嗟乎！師道之不傳也久矣，欲人之無惑也難矣。古之聖人，其出人也遠矣，猶且從師而問焉；今之衆人，其下聖人也亦遠矣，而恥學於師。是故聖益聖，愚益愚。聖人之所以爲聖，愚人之所以爲愚，其皆出於此乎！

愛其子，擇師而教之；於其身也，則恥師焉，惑矣。彼童子之師，授之書而習其句讀者，非吾所謂傳其道解其惑者也。句讀之不知，惑之不解，或師焉，或不焉，小學而大遺，吾未見其明也。

巫醫、樂師、百工之人不恥相師。士大夫之族，曰師曰弟子云者，則群聚而笑之。問之，則曰：『彼與彼年相若也，道相似也。位卑則足羞，官盛則近諛。』嗚呼！師道之不復可知矣。巫醫、樂師、百工之人，君子不齒。今其智乃反不能及，其可怪也歟！

聖人無常師。孔子師郯子、萇弘、師襄、老聃。郯子之徒，其賢不及孔子。孔子曰：『三人行，則必有我師。』是故弟子不必不如師，師不必賢於弟子，聞道有先後，術業有專攻，如是而已。

李氏子蟠年十七，好古文，六藝經傳皆通習之。不拘於時，學於余。余嘉其能行古道，作《師説》以貽之。

【評箋】

孟子稱『人之患在好爲人師』。由魏、晋氏以下，人益不事師。今之世，不聞有師；有輒譁笑之，以爲狂人。獨韓愈奮不顧流俗，犯笑侮，收召後學，作《師説》，因抗顔而爲師。世果群怪聚罵，指目牽引，而增與爲言辭，愈以是得狂名。居長安，炊不暇熟，又挈挈而東，如是者數矣。（柳宗元《答韋中立論師道書》）

前起後收，中排三節，皆以輕重相形。初以聖與愚相形，聖且從師，况愚乎？次以子與身相形，子且擇師，况身乎？末以巫醫、樂師、百工與士大夫相形，巫、樂、百工且從師，況士大夫乎？公之提誨後學，亦可謂深切著明矣，而文法則自然而成者也。

（黄震《黄氏日抄》）

雜説四首

其一

龍噓氣成雲。雲固弗靈於龍也，然龍乘是氣，茫洋窮乎玄間，薄日月，伏光景，感震電，神變化，水下土，汩陵谷——雲亦靈怪矣哉！

雲，龍之所能使爲靈也。若龍之靈，則非雲之所能使爲靈也。然龍弗得雲，無以神其靈矣。失其所憑依，信不可歟？异哉！其所憑依，乃其所自爲也。

《易》曰：『雲從龍。』既曰龍，雲從之矣。

其二

善醫者，不視人之瘠肥，察其脉之病否而已矣。善計天下者，不視天下之安危，察其紀綱之理亂而已矣。天下者，人也；安危者，肥瘠也；紀綱者，脉也。脉不病，雖瘠不害；脉病而肥者，死矣。通於此説者，其知所以爲天下乎！

夏、殷、周之衰也，諸侯作而戰伐日行矣。傳數十王而天下不傾者，紀綱存焉耳。秦之王天下也，無分勢於諸侯，聚兵而焚之，傳二世而天下傾者，紀綱亡焉耳。是故四支雖無故，不足恃也，脉而已矣；四海雖無事，不足矜也，紀綱而已矣。憂其所可恃，懼其所可矜，善醫善計者，謂之天扶與之。

《易》曰：『視履考祥。』善醫善計者爲之。

其三

談生之爲《崔山君傳》，稱鶴言者，豈不怪哉！然吾觀於人，其能盡其性而不類於禽獸异物者希矣。將憤世嫉邪、長往而不來者之所爲乎？

昔之聖者，其首有若牛者，其形有若蛇者，其喙有若鳥者，其貌有若蒙倛者。彼皆貌似而心不同焉，可謂之非人邪？即有平脅曼膚、顔如渥丹、美而很者，貌則人，其心則禽獸，又惡可謂之人邪！然則觀貌之是非，不若論其心與其行事之可否爲不失也。

怪神之事，孔子之徒不言。余將特取其憤世嫉邪而作之，故題之云爾。

其四

世有伯樂，然後有千里馬。千里馬常有，而伯樂不常有。故雖有名馬，祇辱於奴隸人之手，駢死於槽櫪之間，不以千里稱也。

馬之千里者，一食或盡粟一石。食馬者，不知其能千里而食也。是馬也，雖有千里之能，食不飽，力不足，才美不外見，且欲與常馬等不可得，安求其能千里也？

策之不以其道，食之不能盡其材，鳴之而不能通其意，執策而臨之，曰：天下無馬。嗚呼！其真無馬邪？其真不知馬也？

【評箋】

《龍喻》言君不可以無臣；《醫喻》言治不可以恃安；《鶴喻》言人不可以貌取；《馬喻》言世未嘗無逸俗之賢。（黃震《黄氏日抄》）

宋玉《九辯》：『當世豈無騏驥兮，誠莫之能善御。見執轡者非其人兮，故跼跳

而遠去。』退之《雜説·千里馬》一篇，即廣此意，而激昂感慨，同一寄託。（馬位《秋窗隨筆》）

諱辯

愈與李賀書，勸賀舉進士。賀舉進士有名，與賀爭名者毁之，曰：『賀父名晋肅，賀不舉進士爲是，勸之舉者爲非。』聽者不察也，和而唱之，同然一辭。皇甫湜曰：『若不明白，子與賀且得罪。』愈曰：『然。』

《律》曰：『二名不偏諱。』釋之者曰：『謂若言徵不稱在，言在不稱徵是也。』《律》曰：『不諱嫌名。』釋之者曰：『謂若禹與雨、丘與蓲之類是也。』今賀父名晋肅，賀舉進士，爲犯『二名律』乎？爲犯『嫌名律』乎？

父名晉肅，子不得舉進士，若父名仁，子不得爲人乎？

夫諱始於何時？作法制以教天下者，非周公、孔子歟？周公作詩不諱，孔子不偏諱二名，《春秋》不譏不諱嫌名。康王釗之孫實爲昭王。曾參之父名晳，曾子不諱昔。周之時有騏期，漢之時有杜度，此其子宜如何諱？將諱其嫌，遂諱其姓乎？將不諱其嫌者乎？漢諱武帝名『徹』爲『通』，不聞又諱車轍之『轍』爲某字也。諱呂后名『雉』爲『野雞』，不聞又諱治天下之『治』爲某字也。今上章及詔不聞諱『滸』『勢』『秉』『饑』也。惟宦官宮妾乃不敢言『諭』及『機』，以爲觸犯。士君子言語行事，宜何所法守也？

今考之於經，質之於律，稽之以國家之典，賀舉進士爲可邪？爲不可邪？凡事父母，得如曾參，可以無譏矣；作人得如周公、孔子，亦可以止矣。今世之士，不務行曾參、周公、孔子之行，而諱親之名則務勝於曾參、周公、孔子，亦見其惑也。夫周公、孔子、曾參卒不可勝，勝周公、孔子、曾參，乃比於宦者宮妾，則是宦者宮妾之孝於其親，賢於周公、孔子、曾參者邪？

【評箋】

一篇辯明，理强氣直，意高辭嚴。最不可及者，有道理可以折服人矣。全不直説破，盡是設疑，佯爲兩可之辭，待智者自擇，此别是一樣文法。此辯文法從《孟子》來。

（謝枋得《文章軌範》）

此文反覆奇險，令人眩掉，實自顯快。前分律、經、典三段，後尾抱前辯難。只因三段中時有游兵點綴，便足迷人。（茅坤《唐宋八大家文鈔》）

此種文爲世所好，然太快利，非韓公上乘文字。（曾國藩《求闕齋讀書録》）

原道

博愛之謂仁，行而宜之之謂義，由是而之焉之謂道，足乎己而無待於外之謂德。仁與義爲定名，道與德爲虚位。故道有君子小人，而德有凶有吉。老子之小仁義，非毁之也，其見者小也。坐井而觀天，曰天小者，非天小也。彼以煦煦爲仁，孑孑爲義，其小之也則宜。其所謂道，道其所道，非吾所謂道也；其所謂德，德其所德，非吾所謂德也。凡吾所謂道德云者，合仁與義言之也，天下之公言也；老子之所謂道德云者，去仁與義言之也，一人之私言也。周道衰，孔子没，火于秦，黄老于漢，佛于晋、魏、梁、隋之間。其言道德仁義者，不入于楊，則入于墨；不入于老，則入于佛。入于彼，必出于此。入者主之，出者奴之；入者附之，出者污之。噫！

後之人其欲聞仁義道德之説，孰從而聽之？老者曰：『孔子，吾師之弟子也。』佛者曰：『孔子，吾師之弟子也。』爲孔子者，習聞其説，樂其誕而自小也，亦曰『吾師亦嘗師之』云爾。不惟舉之於其口，而又筆之於其書。噫！後之人雖欲聞仁義道德之説，其孰從而求之？甚矣，人之好怪也。不求其端，不訊其末，惟怪之欲聞。

古之爲民者四，今之爲民者六。古之教者處其一，今之教者處其三。農之家一而食粟之家六，工之家一而用器之家六，賈之家一而資焉之家六。奈之何民不窮且盜也？古之時，人之害多矣。有聖人者立，然後教之以相生養之道。爲之君，爲之師。驅其蟲蛇禽獸，而處之中土。寒然後爲之衣；飢然後爲之食；木處而顛，土處而病也，然後爲之宮室；爲之工以贍其器用；爲之賈以通其有無；爲之醫藥以濟其夭死；爲之葬埋祭祀以長其恩愛；爲之禮以次其先後；爲之樂以宣其壹鬱；爲之政以率其怠倦；爲之刑以鋤其强梗。相欺也，爲之符璽、斗斛、權衡以信之；相奪也，爲之城郭甲兵以守之。害至而爲之備，患生而爲之防。今其言曰：『聖人不死，大盗不止。剖斗折衡，而民不争。』嗚呼！其亦不思而已矣。如古之無聖人，人之類滅久矣。何也？無羽毛鱗介以居寒熱也，無爪牙以争食也。是故君者，出令者也；臣者，行君之令而致之民者也；民者，出粟米麻絲、作器皿、通貨財以事其上者也。君不出令，則失其所以爲君；臣不行君之令而致之民，民不出粟米麻絲、作器皿、通貨財以事其上，則誅。今其法曰：必弃而君臣，去而父子，禁而相生養之道，以求其所謂清净寂滅者。嗚呼！其亦幸而出於三代之後，不見黜於禹、湯、文、武、周公、孔子也；其亦不幸而不出於三代之前，不見正於禹、湯、文、武、周公、孔子也。

帝之與王，其號名殊，其所以爲聖一也。夏葛而冬裘，渴飲而飢食，其事殊，其所以爲智一也。今其言曰：『曷不爲太古之無事？』是亦責冬之裘者曰：『曷不爲葛之之易也？』責飢之食者曰：『曷不爲飲之之易也？』《傳》曰：『古之欲明明德於天下者，先治其國；欲治其國者，先齊其家；欲齊其家者，先修其身；欲修其身者，先正其心；欲正其心者，先誠其意。』然則古之所謂正心而誠意者，將以有爲也。今也欲治其心而外天下國家，滅其天常，子焉而不父其父，臣焉而不君其君，民焉而不事其事。孔子之作《春秋》也，諸侯用夷禮則夷之，進於中國則中國之。《經》曰：『夷狄之有君，不如諸夏之亡。』《詩》曰：『戎狄是膺，荆舒是懲。』今也舉夷狄之法而加之先王之教之上，幾何其不胥而爲夷也！

夫所謂先王之教者，何也？博愛之謂仁，行而宜之之謂義。由是而之焉之謂道，足乎己無待於外之謂德。其文《詩》《書》《易》《春秋》，其法禮、樂、刑、政，其民士、農、工、賈，其位君臣、父子、師友、賓主、昆弟、夫婦，其服麻、絲，其居宮、室，其食粟米、果蔬、魚肉。其爲道易明，而其爲教易行也。是故以之爲己，則順而祥；以之爲人，則愛而公；以之爲心，則和而平；以之爲天下國家，無所處而不當。是故生則得其情，死則盡其常，效焉而天神假，廟焉而人鬼饗。曰：斯道也，何道也？曰：斯吾所謂道也，非向所謂老與佛之道也。堯以是傳之舜，舜以是傳之禹，禹以是傳之湯，湯以是傳之文、武、周公，文、武、周公傳之孔子，孔子傳之孟軻。軻之死，不得其傳焉。荀與揚也，擇焉而不精，語焉而不詳。由周公而上，上而爲君，故其事行；由周公而下，下而爲臣，故其説長。然則如之何而可也？曰：不塞不流，不止不行。人其人，火其書，廬其居。明先王之道以道之，鰥寡孤獨廢疾者有養也，其亦庶乎其可也。

【評箋】

凡句法直下來，如良馬下峻嶺，如輕舟下長湍，若無一句攔截，便不成文章。此篇末『堯以是傳之舜』云云，截以『軻之死，不得其傳焉』，此兩句絶妙，可以爲法。（歸有光《文章指南》）

昔《唐書》稱以『奥衍宏深，佐佑六經』，茅鹿門謂『闢老佛是退之一生命脉，故此文是退之集中命根，其文源遠流深，最難鑒定。兼之其筆下變化詭譎，足以眩人。若一下打破，分明如時論中一冒一承六腹一尾』。又一評云：『前段推究本原——仁義道德之説，以求其端，後六段指斥其「誕妄敎弃」，爲生民之害，以「訊其末」，却暗藏樞軸於中間，此等處極不易識。』三評皆確當，而後兩評尤爲金針度世。予則極愛其文之細針密綫，重裹疊包全以大氣盤旋，能使闢老佛以原道之意，曲折條暢，後學洵不可不讀，而尤不可浪讀。玩『軻之死，不得傳』數語，分明是以道統之傳自任，關係不小。故此文亦與兩孟并峙天壤，永垂不朽。（余誠《古文釋义》）

原毁

古之君子，其責己也重以周，其待人也輕以約。重以周，故不怠；輕以約，故人樂爲善。聞古之人有舜者，其爲人也，仁義人也。求其所以爲舜者，責於己曰：『彼，人也；予，人也。彼能是，而我乃不能是！』早夜以思，去其不如舜者，就其如舜者。聞古之人有周公者，其爲人也，多才與藝人也。求其所以爲周公者，責於己曰：『彼，人也；予，人也。彼能是，而我乃不能是！』早夜以思，去其不如周公者，就其如周公者。舜，大聖人也，後世無及焉；周公，大聖人也，後世無及焉。是人也，乃曰：『不如舜，不如周公，吾之病也。』是不亦責於身者重以周乎？其於人也，曰：『彼，人也，能有是，是足爲良人矣；能善是，是足爲藝人矣。』取其一不責其二，即其新不究其舊，恐恐然惟懼其人之不得爲善之利。一善易修也，一藝易能也，其於人也，乃曰：『能有是，是亦足矣。』曰：『能善是，是亦足矣。』不亦待於人者輕以約乎？

今之君子則不然。其責人也詳，其待己也廉。詳，故人難於爲善；廉，故自取也少。己未有善，曰：『我善是，是亦足矣。』己未有能，曰：『我能是，是亦足矣。』外以欺於人，內以欺於心，未少有得而止矣，不亦待其身者已廉乎？其於人也，曰：『彼雖能是，其人不足稱也；彼雖善是，其用不足稱也。』舉其一不計其十，究其舊不圖其新，恐恐然惟懼其人之有聞也。是不亦責於人者已詳乎？夫是之謂不以衆人待其身，而以聖人望於人，吾未見其尊己也。

雖然，爲是者有本有原，怠與忌之謂也。怠者不能修，而忌者畏人修。吾常試之矣，嘗試語於衆曰：『某良士，某良士。』其應者，必其人之與也；不然，則其所疏遠不與同其利者也；不然，則其畏也。不若是，强者必怒於言，懦者必怒於色矣。又嘗語於衆曰：『某非良士，某非良士。』其不應者，必其人之與也；不然，則其所疏遠不與同其利者也；不然，則其畏也。不若是，强者必說於言，懦者必說於色矣。是故事修而謗興，德高而毁來。嗚呼！士之處此世而望名譽之光，道德之行，難已！

將有作於上者，得吾説而存之，其國家可幾而理歟？

【評箋】

此篇曲盡人情。巧處妙處，在假託他人之言辭，模寫世俗之情狀。熟于此，必能作論。（謝枋得《文章軌範》）

全用重周、輕約、詳廉、怠忌八字立説。然其中只以一忌字，原出毀者之情。局法亦奇。若他人作此，則不免露爪張牙，多作仇憤語矣。（吴楚材等《古文觀止》）

毛穎傳

毛穎者，中山人也。其先明眎，佐禹治東方土，養萬物有功，因封於卯地，死爲十二神。嘗曰：『吾子孫神明之後，不可與物同，當吐而生。』已而果然。明眎八世孫𩣡，世傳當殷時居中山，得神仙之術，能匿光使物，竊姮娥，騎蟾蜍入月，其後代遂隱不仕云。居東郭者曰㕙，狡而善走，與韓盧争能，盧不及。盧怒，與宋鵲謀而殺之，醢其家。

秦始皇時，蒙將軍恬南伐楚，次中山，將大獵以懼楚。召左右庶長與軍尉，以《連山》筮之，得『天與人文』之兆。筮者賀曰：『今日之獲，不角不牙，衣褐之徒，缺口而長鬚，八竅而趺居，獨取其髦，簡牘是資。天下其同書，秦其遂兼諸侯乎！』遂獵，圍毛氏之族，拔其豪，載穎而歸，獻俘于章臺宫，聚其族而加束縛焉。秦皇帝使恬賜之湯沐，而封諸管城，號曰管城子，日見親寵任事。

穎爲人强記而便敏，自結繩之代以及秦事，無不纂録。陰陽、卜筮、占相、醫方、族氏、山經、地志、字書、圖畫、九流、百家、天人之書，乃至浮圖、老子、外國之説，皆所詳悉。又通於當代之務，官府簿書、市井貨錢註記，惟上所使。自秦皇帝及太子扶蘇、胡亥、丞相斯、中車府令高，下及國人，無不愛重。又善隨人意，正直、邪曲，巧拙，一隨其人。雖見廢弃，終默不洩。惟不喜武士，然見請，亦時往。累拜中書令，與上益狎。上嘗呼爲『中書君』。上親決事，以衡石自程，雖宫人不得立左右，獨穎與執燭者常侍，上休方罷。穎與絳人陳玄、弘農陶泓及會稽褚先生友善，相推致，其出處必偕。上召穎，三人者不待詔輒俱往，上未嘗怪焉。

後因進見，上將有任使，拂試之，因免冠謝。上見其髮秃，又所摹畫不能稱上意。上嘻笑曰：『中書君老而秃，不任吾用。吾嘗謂君中書，君今不中書邪？』對曰：『臣所謂盡心者。』因不復召，歸封邑，終于管城。其子孫甚多，散處中國、夷狄，皆冒管城。惟居中山者能繼父祖業。

太史公曰：毛氏有兩族：其一姬姓，文王之子封於毛，所謂魯、衛、毛、聃者也，戰國時有毛公、毛遂。獨中山之族不知其本所出，子孫最爲蕃昌。《春秋》之成，見絶於孔子而非其罪。及蒙將軍拔中山之豪，始皇封諸管城，世遂有名，而姬姓之毛無聞。穎始以俘見，卒見任使。秦之滅諸侯，穎與有功。賞不酬勞，以老見疏，秦真少恩哉！

【評箋】

沈既濟撰《枕中記》，莊生寓言之類。韓愈撰《毛穎傳》，其文尤高，不下史遷。二篇真良史才也。（李肇《唐國史補》）

《毛穎傳》爲千古奇文。舊史譏之，而柳子厚則傾服至於不可思議。文近《史記》，然終是昌黎真面，不曾片語依傍《史記》。前半直是一篇兔傳，至『獨取其髦』，始爲毛穎伏案。及叙到圍毛氏族，拔毫載穎，聚族束縛，此方爲傳之正文。則以上傳兔，特述穎之家世耳。得管城封而親寵用事，下至『累拜中書公』止，均細疏其能，并其爵秩。與執燭者常侍，應以上親寵句。絳之陳、弘農之陶、會稽之褚，此爲傳中應有之人。冠免髮禿，叙穎末路，應如此。惟『盡心』二字妙極。傳後論追述毛穎身世，若有餘慨，則真肖史公矣。崔豹《古今注》：『蒙恬造筆，以柘木爲管，鹿毛爲柱，羊毛爲被。』不言免毫。究竟公讀古書多，必有所本。就文論文，略之可也。（林紓《韓柳文研究法》）

進學解

國子先生晨入太學，招諸生立館下，誨之曰：『業精于勤荒于嬉，行成于思毁于隨。方今聖賢相逢，治具畢張，拔去凶邪，登崇畯良。占小善者率以録，名一藝者無不庸。爬羅剔抉，刮垢磨光。蓋有幸而獲選，孰云多而不揚？諸生業患不能精，無患有司之不明；行患不能成，無患有司之不公。』

言未既，有笑于列者曰：『先生欺余哉！弟子事先生于兹有年矣。先生口不絶吟於六藝之文，手不停披於百家之編。記事者必提其要，纂言者必鉤其玄。貪多務得，細大不捐。焚膏油以繼晷，恒兀兀以窮年。先生之業，可謂勤矣。觝排异端，攘斥佛老。補苴罅漏，張皇幽眇。尋墜緒之茫茫，獨旁搜而遠紹。障百川而東之，迴狂瀾於既倒：先生之於儒，可謂有勞矣。沈浸醲郁，含英咀華，作爲文章，其書滿家。上規姚、姒，渾渾無涯；周《誥》、殷《盤》，佶屈聱牙；《春秋》謹嚴，《左氏》浮誇；《易》奇而法，《詩》正而葩；下逮《莊》《騷》，太史所録，子雲、相如，同工异曲：先生之於文，可謂閎其中而肆其外矣。少始知學，勇於敢爲；長通於方，左右具宜：先生之於爲人，可謂成矣。然而公不見信於人，私不見助於友。跋前躓後，動輒得咎。暫爲御史，遂竄南夷。三年博士，冗不見治。命與仇謀，取敗幾時。冬暖而兒號寒，年豐而妻啼飢。頭童齒豁，竟死何裨？不知慮此，而反教人爲？』

先生曰：『吁，子來前。夫大木爲宗，細木爲桷，欂櫨侏儒，椳闑扂楔，各得其宜、施以成室者，匠氏之工也。玉札丹砂，赤箭青芝，牛溲馬勃，敗鼓之皮，俱收并蓄、待用無遺者，醫師之良也。登明選公，雜進巧拙，紆餘爲妍，卓犖爲傑，校短量長、惟器是適者，宰相之方也。昔者孟軻好辯，孔道以明，轍環天下，卒老于行；荀卿守正，大論是弘，逃讒于楚，廢死蘭陵。是二儒者，吐辭爲經，舉足爲法，絶類離倫，優入聖域，其遇於世何如也？今先生學雖勤而不繇其統，言雖多而不要其中，文雖奇而不濟於用，行雖修而不顯於衆。猶且月費俸錢，歲靡廩粟，子不知耕，婦不知織，乘馬從徒，安坐而食。踵常途之促促，窺陳編以盜竊。然而聖主不加誅，宰臣不見斥，非其幸歟？動而得謗，名亦隨之。投閑置散，乃分之宜。若夫商財賄之有亡，計班資之崇庳，忘己量之所稱，指前人之瑕疵，是所謂詰匠氏之不以杙爲楹，而訾醫師以昌陽引年、欲進其豨苓也。

【評箋】

類賦體，逐段布置，各有韵。（黄震《黄氏日抄》）

首段以進學發端，中段句句是駁，末段句句是解，前呼後應，最爲綿密。其格調雖本《客難》《解嘲》《答賓戲》諸篇，但諸篇都是自疏己長，此則把自家許多伎倆、許多抑鬱，盡數借他人口中説出，而自家却以平心和氣處之。看來無嘆老嗟卑之迹，其實嘆老嗟卑之心無有甚於此者，乃《送窮》之變體也。至其文，語語作金石聲，尤不易及。按《唐书》本傳，公作是篇，宰相見之，奇其才，改比部郎中、史館修撰。考元和六、七年，宰相爲權德輿、李絳，皆有文名，自然針芥相投，愛才汲引。不比貞元中趙憬輩，見三書而漠無一報也。嗚呼！文章知己，豈不以其氣類哉！（林雲銘《韓文起》）

論佛骨表

臣某言：伏以佛者，夷狄之一法耳。自後漢時流入中國，上古未嘗有也。昔者黄帝在位百年，年百一十歲；少昊在位八十年，年百歲；顓頊在位七十九年，年九十八歲；帝嚳在位七十年，年百五歲；帝堯在位九十八年，年百一十八歲；帝舜及禹，年皆百歲。此時天下太平，百姓安樂壽考，然而中國未有佛也。其後殷湯亦年百歲。湯孫太戊在位七十五年；武丁在位五十九年。書史不言其年壽所極，推其年數，蓋亦俱不減百歲。周文王年九十七歲；武王年九十三歲；穆王在位百年。此時佛法亦未入中國，非因事佛而致然也。漢明帝時始有佛法，明帝在位纔十八年耳。其後亂亡相繼，運祚不長。宋、齊、梁、陳、元魏已下，事佛漸謹，年代尤促。惟梁武帝在位四十八年，前後三度捨身施佛，宗廟之祭，不用牲牢，晝日一食，止於菜果；其後竟爲侯景所逼，餓死臺城，國亦尋滅。事佛求福，乃更得禍。由此觀之，佛不足事，亦可知矣。

高祖始受隋禪，則議除之。當時群臣材識不遠，不能深知先王之道、古今之宜，推闡聖明，以救斯弊。其事遂止，臣常恨焉。伏維睿聖文武皇帝陛下，神聖英武，數千百年已來未有倫比。即位之初，即不許度人爲僧尼道士，又不許創立寺觀。臣常以爲高祖之志，必行於陛下之手。今縱未能即行，豈可恣之轉令盛也？今聞陛下令群僧迎佛骨於鳳翔，御樓以觀，舁入大内，又令諸寺遞迎供養。臣雖至愚，必知陛下不惑於佛、作此崇奉以祈福祥也。直以年豐人樂，徇人之心，爲京都士庶設詭異之觀、戲玩之具耳。安有聖明若此，而肯信此等事哉！然百姓愚冥，易惑難曉，苟見陛下如此，將謂真心事佛，皆云天子大聖，猶一心敬信；百姓何人，豈合更惜身命！焚頂燒指，百十爲群，解衣散錢，自朝至暮，轉相仿效，惟恐後時。老少奔波，弃其業次。若不即加禁遏，更歷諸寺，必有斷臂臠身以爲供養者。傷風敗俗，傳笑四方，非細事也。

夫佛本夷狄之人，與中國言語不通，衣服殊製；口不言先王之法言，身不服先王之法服；不知君臣之義、父子之情。假如其身至今尚在，奉其國命，來朝京師，陛下容而接之，不過宣政一見，禮賓一設，賜衣一襲，衛而出之於境，不令惑衆也。况其身死已久，枯朽之骨，凶穢之餘，豈宜令入宮禁？孔子曰：『敬鬼神而遠之。』古之諸侯行吊於其國，尚令巫祝先以桃茢祓除不祥，然後進吊。今無故取朽穢之物，親臨觀之，巫祝不先，桃茢不用，群臣不言其非，御史不舉其失，臣實耻之。乞以此骨付之有司，投諸水火，永絶根本，斷天下之疑，絶後代之惑，使天下之人知大聖人之所作爲，出於尋常萬萬也。豈不盛哉！豈不快哉！佛如有靈，能作禍祟，凡有殃咎，宜加臣身。上天鑒臨，臣不怨悔。無任感激懇悃之至，謹奉表以聞。臣某誠惶誠恐。

【評箋】

韓退之闢佛，是説吾道有來歷，浮屠無來歷，不過辨邪正而已。歐陽永叔闢佛，乃謂修本足以勝之。吾道既勝，浮屠自息。此意高於退之百倍。（李塗《文章精義》）

韓公以天子迎佛，特以祈壽護國爲心，故其議論亦只以福田上立説，無一字論佛

宗旨。（茅坤《唐宋八大家文鈔》）

無《原道》一篇，不見韓公學問；無《佛骨》一表，不見韓公氣節。或謂公生平耐不得困苦貶竄，似非樂天知命者。余謂公見義必爲，全無戀位素餐之態。公初年在京師，未免有汲汲求進之心，然一爲御史，絕不顧惜，則以諫宮市貶陽山矣。既貶之後，量移散秩，如作《送窮文》《進學解》等篇，大有牢騷不平之意。然及其從平淮西，作侍郎，優游養望，便可作相，而公則以諫佛骨貶潮州矣。潮州上表，有窮蹙卑屈之意。然及其再登朝，則又身使盧龍，面折庭湊，更無推託畏懦之狀。公之氣節屢挫不折如此，所以爲有唐蓋代人物，而配享孔廟不替也。不然，張禹、孔光獨無文學哉！（蔡世遠《古文雅正》）

獲麟解

麟之爲靈昭昭也。詠於《詩》，書於《春秋》，雜出於傳記百家之書，雖婦人小子皆知其爲祥也。

然麟之爲物，不畜於家，不恒有於天下。其爲形也不類，非若馬牛犬豕豺狼麋鹿然。然則，雖有麟，不可知其爲麟也。

角者，吾知其爲牛；鬣者，吾知其爲馬；犬豕豺狼麋鹿，吾知其爲犬豕豺狼麋鹿。惟麟也不可知。不可知，則其謂之不祥也亦宜。

雖然，麟之出，必有聖人在乎位。麟爲聖人出也。聖人者，必知麟，麟之果不爲不祥也。又曰：麟之所以爲麟者，以德不以形。若麟之出不待聖人，則謂之不祥也亦宜。

【評箋】

字少意多，文字立節，所以甚佳。其抑揚開合，只主『祥』字，反覆作五段説。（呂祖謙《古文關鍵》）

一篇只是一正一反，再一正，再一反。每段又自作曲折。（金聖嘆《天下才子必讀書》）

畫記

雜古今人物小畫共一卷。

騎而立者五人，騎而被甲戴兵立者十人，一人騎執大旗前立，騎而被甲載兵、行且下牽者十人，騎且負者二人，騎執器者二人，騎擁田犬者一人，騎而牽者二人，騎而驅者三人，執羈靮立者二人，騎而下倚馬、臂隼而立者一人，騎而驅涉者二人，徒而驅牧者二人，坐而指使者一人，甲冑、手弓矢、鈇鉞植者七人，甲冑、執幟植者十人，負者七人，偃寢休者二人，甲冑坐睡者一人，方涉者一人，坐而脱足者一人，寒附火者一人，雜執器物役者八人，奉壺矢者一人，舍而具食者十有一人，挹且注者四人，牛牽者二人，驢驅者四人，一人杖而負者，婦人以孺子載而可見者六人，載而上下者三人，孺子戲者九人：凡人之事三十有二，爲人大小百二十有三而莫有同者焉。

馬大者九匹。於馬之中又有上者、下者、行者、牽者、涉者、陸者、翹者、顧者、鳴者、寢者、訛者、立者、人立者、齕者、飲者、溲者、陟者、降者、痒磨樹者、嘘者、嗅者、喜相戲者、怒相踶齧者、秣者、騎者、驟者、走者、載服物者、載狐兔者：凡馬之事二十有七，爲馬大小八十有三，而莫有同者焉。牛大小十一頭。橐駝三頭。驢如橐駝之數而加其一焉。隼一。犬、羊、狐、兔、麋、鹿共三十。旃車三兩。雜兵器、弓矢、旌旗、刀劍、矛楯、弓服、矢房、甲冑之屬，瓶盂、簦笠、筐筥、錡釜、飲食服用之器，壺矢、博弈之具，二百五十有一，皆曲極其妙。

貞元甲戌年，余在京師，甚無事。同居有獨孤生申叔者，始得此畫，而與余彈棋，余幸勝而獲焉。意甚惜之，以爲非一工人之所能運思，蓋藂集衆工人之所長耳，雖百金不願易也。明年，出京師，至河陽，與二三客論畫品格，因出而觀之。座有趙侍御者，君子人也，見之戚然，若有感然。少而進曰：『噫，余之手摸也，亡之且二十年矣。余少時常有志乎兹事，得國本，絶人事而摸得之，游閩中而喪焉。居閑處獨，時往來余懷也，以其始爲之勞而夙好之篤也。今雖遇之，力不能爲已，且命工人存其大都焉。』余既甚愛之，又感趙君之事，因以贈之。而記其人物之形狀與數，而時觀之，以自釋焉。

【評箋】

余家既世崇佛氏，又嘗覽韓文公《畫記》，愛其善叙事，該而不煩縟，詳而有軌律，讀其文，恍然如即其畫，心竊慕焉。於是倣其遺意，取羅漢佛之像而記之。顧余文之陋，豈能使人讀之如即畫哉！姑致叙之私意云爾。（秦觀《五百羅漢圖記》）

東坡不喜韓退之《畫記》，謂之甲乙帳簿。此老千古卓識，不隨人觀場者也。（楊慎《丹鉛雜録》）

妙處在物數龐雜，而詮次特悉，於其記可以知其畫之絶世矣。（茅坤《唐宋八大家文鈔》）

詳整自班、史出，筆力善變，無施不可。（儲欣《唐宋十大家全集録》）

圬者王承福傳

圬之爲技，賤且勞者也，有業之其色若自得者。聽其言，約而盡。問之，王其姓，承福其名，世爲京兆長安農夫。天寶之亂，發人爲兵，持弓矢十三年；有官勳，弃之來歸，喪其土田，手鏝衣食，餘三十年。舍於市之主人，而歸其屋食之當焉。視時屋食之貴賤，而上下其圬之傭以償之；有餘，則以與道路之廢疾餓者焉。

又曰：『粟，稼而生者也；若布與帛，必蠶績而後成者也；其他所以養生之具，皆待人力而後完也，吾皆賴之。然人不可遍爲，宜乎各致其能以相生也。故君者，理我所以生者也；而百官者，承君之化者也。任有大小，惟其所能，若器皿焉。食焉而怠其事，必有天殃。故吾不敢一日捨鏝以嬉。夫鏝，易能可力焉，又誠有功，取其直，雖勞無愧，吾心安焉。夫力，易強而有功也；心，難強而有智也。用力者使於人，用心者使人，亦其宜也。吾特擇其易爲無愧者取焉。嘻！吾操鏝以入富貴之家有年矣。有一至者焉，又往過之，則爲墟矣；有再至、三至者焉，而往過之，則爲墟矣。問之其鄰，或曰：噫！刑戮也。或曰：身既死，而其子孫不能有也。或曰：死而歸之官也。吾以是觀之，非所謂食焉怠其事，而得天殃者邪？非强心以智而不足、不擇其才之稱否而冒之者邪？非多行可愧、知其不可而强爲之者邪？將富貴難守、薄功而厚饗之者邪？抑豐悴有時、一去一來而不可常者邪？吾之心憫焉，是故擇其力之可能者行焉。樂富貴而悲貧賤，我豈异於人哉！』

又曰：『功大者，其所以自奉也博。妻與子，皆養於我者也。吾能薄而功小，不有之可也。又吾所謂勞力者。若立吾家而力不足，則心又勞也。一身而二任焉，雖聖者不可爲也。』

愈始聞而惑之，又從而思之，蓋賢者也，蓋所謂獨善其身者也。然吾有譏焉，謂其自爲也過多，其爲人也過少。其學楊朱之道者邪？楊之道，不肯拔我一毛而利天下。而夫人以有家爲勞心，不肯一動其心以畜其妻子，其肯勞其心以爲人乎哉？雖然，其賢於世之患不得之而患失之者，以濟其生之欲、貪邪而亡道以喪其身者，其亦遠矣。又其言有可以警余者，故余爲之傳而自鑒焉。

【評箋】

以議論行叙事，然非韓文之佳者。（茅坤《唐宋八大家文鈔》）

前略叙一段，後略斷數語，中間都是借他自家説話，點成無限烟波。機局絶高，而規世之意已極切至。（吴楚材等《古文觀止》）

張中丞傳後叙

元和二年四月十三日夜，愈與吴郡張籍閲家中舊書，得李翰所爲《張巡傳》。翰以文章自名，爲此傳頗詳密，然尚恨有闕者：不爲許遠立傳，又不載雷萬春事首尾。

遠雖材若不及巡者，開門納巡，位本在巡上，授之柄而處其下，無所疑忌，竟與巡俱守死，成功名。城陷而虜，與巡死先後异耳。兩家子弟材智下，不能通知二父志，以爲巡死而遠就虜，疑畏死而辭服於賊。遠誠畏死，何苦守尺寸之地，食其所愛之肉，以與賊抗而不降乎？當其圍守時，外無蚍蜉蟻子之援，所欲忠者，國與主耳。而賊語以以國亡主滅。遠見救援不至而賊來益衆，必以其言爲信。外無待而猶死守，人相食且盡，雖愚人亦能數日而知死處矣。遠之不畏死亦明矣。烏有城壞其徒俱死，獨蒙愧耻求活？雖至愚者不忍爲。嗚呼！而謂遠之賢而爲之邪！

說者又謂遠與巡分城而守，城之陷自遠所分始，以此詬遠。此又與兒童之見無异。人之將死，其藏腑必有先受其病者；引繩而絶之，其絶必有處。觀者見其然，從而尤之，其亦不達於理矣。小人之好議論，不樂成人之美，如是哉！如巡、遠之所成就，如此卓卓，猶不得免，其他則又何說？

當二公之初守也，寧能知人之卒不救，弃城而逆遁？苟此不能守，雖避之他處何益？及其無救而且窮也，將其創殘餓羸之餘，雖欲去，必不達。二公之賢，其講之精矣。守一城，捍天下，以千百就盡之卒，戰百萬日滋之師，蔽遮江淮，沮遏其勢，天下之不亡，其誰之功也？當是時，弃城而圖存者，不可一二數；擅强兵坐而觀者，相環也。不追議此，而責二公以死守，亦見其自比於逆亂，設淫辭而助之攻也。

愈嘗從事於汴、徐二府，屢道於兩府間，親祭於其所謂雙廟者。其老人往往説巡、遠時事，云：南霽雲之乞救於賀蘭也，賀蘭嫉巡、遠之聲威功績出己上，不肯出師救。愛霽雲之勇且壯，不聽其語，强留之，具食與樂，延霽雲坐。霽雲慷慨語曰：『雲來時，睢陽之人不食月餘日矣。雲雖欲獨食，義不忍；雖食，且不下咽！』因拔所佩刀，斷一指，血淋漓，以示賀蘭。一座大驚，皆感激，爲雲泣下。雲知賀蘭終無爲雲出師意，即馳去。將出城，抽矢射佛寺浮圖，矢著其上甎半箭，曰：『吾歸破賊，必滅賀蘭，此矢所以志也。』——愈貞元中過泗州，船上人猶指以相語。——城陷，賊以刃脅降巡。巡不屈，即牽去，將斬之；又降霽雲，雲未應。巡呼雲曰：『南八，男兒死耳，不可爲不義屈。』雲笑曰：『欲將以有爲也；公有言，雲敢不死。』即不屈。

張籍曰：有于嵩者，少依於巡。及巡起事，嵩常在圍中。籍大曆中於和州烏江縣見嵩，嵩時年六十餘矣。以巡初嘗得臨渙縣尉，好學，無所不讀。籍時尚小，粗問巡、遠事，不能細也。云：巡長七尺餘，鬚髯若神。嘗見嵩讀《漢書》，謂嵩曰：『何爲久讀此？』嵩曰：『未熟也。』巡曰：『吾於書讀不過三遍，終身不忘也。』因誦嵩所讀書，盡卷不錯一字。嵩驚，以爲巡偶熟此卷，因亂抽他帙以試，無不盡然。嵩又取架上諸書，試以問巡，巡應口誦無疑。嵩從巡久，亦不見巡常讀書也。爲文章，操紙筆立書，未嘗起草。初守睢陽時，士卒僅萬人，城中居人户亦且數萬，巡因一見問姓名，其後無不識者。巡怒，鬚髯輒張。及城陷，賊縛巡等數十人坐，且將戮。巡起旋。其衆見巡起，或起或泣。巡曰：『汝勿怖。死，命也。』衆泣，不能仰視。巡就戮時，顔色不亂，陽陽如平常。遠，寬厚長者，貌如其心。與巡同年生，月日後於巡，呼巡爲兄，死時年四十九。嵩貞元初死於亳、宋間。或傳嵩有田在亳、宋間，武人奪而有之。嵩將詣州訟理，爲所殺。嵩無子，張籍云。

【評箋】

通篇句、字、氣，皆太史公髓，非昌黎本色。今書畫家亦有效人而得其解者，此正

見其無不可處。（茅坤《唐宋八大家文鈔》）

蓋仿史公傳後論體，采遺事以補傳中所不足也。如背誦《漢書》，記城中卒伍姓名，起旋慰同斬者之涕泣，事近繁碎，然爲傳後補遺之體則可，引爲《張巡傳》中正事，則事更有大於此者。李翰書正坐太繁，極爲歐陽文忠所譏。然退之此文，歷落有致，夾敘夾議。歐陽公述王鐵槍事，殆脱胎于此。（林紓《韓柳文研究法》）

試大理評事王君墓誌銘

君諱適，姓王氏，好讀書，懷奇負氣，不肯隨人後舉選。見功業有道路可指取，有名節可以戾契致，困於無資地，不能自出，乃以干諸公貴人，借助聲勢。諸公貴人既得志，皆樂熟軟媚耳目者，不喜聞生語，一見輒戒門以絶。上初即位，以四科募天下士。君笑曰：『此非吾時邪？』即提所作書，緣道歌吟，趨直言試。既至，對語驚人，不中第，益困。

久之，聞金吾李將軍年少喜士，可撼，乃蹐門告曰：『天下奇男子王適，願見將軍白事。』一見，語合意，往來門下。盧從史既節度昭義軍，張甚，奴視法度士，欲聞無顧忌大語。有以君生平告者，即遣客鈎致。君曰：『狂子不足以共事。』立謝客。李將軍由是待益厚，奏爲其衛胄曹參軍，充引駕仗判官，盡用其言。將軍遷帥鳳翔，君隨往，改試大理評事，攝監察御史、觀察判官。櫛垢爬痒，民獲蘇醒。

居歲餘，如有所不樂。一旦載妻子入閿鄉南山不顧。中書舍人王涯、獨孤郁，吏部郎中張惟素，比部郎中韓愈，日發書問訊，顧不可强起，不即薦。明年九月，疾病，輿醫京師。其月某日卒，年四十四。十一月某日，即葬京城西南長安縣界中。曾祖爽，洪州武寧令；祖微，右衛騎曹參軍；父嵩，蘇州崑山丞；妻，上谷侯氏，處士高女。

高固奇士，自方阿衡、太師，世莫能用吾言。再試吏，再怒去，發狂投江水。初，處士將嫁其女，懲曰：『吾以齟齬窮，一女，憐之，必嫁官人，不以與凡子。』君曰：『吾求婦氏久矣，唯此翁可人意，且聞其女賢，不可以失。』即謾謂媒嫗：『吾明經及第，且選，即官人。侯翁女幸嫁，若能令翁許我，請進百金爲嫗謝。』諾許，白翁。翁曰：『誠官人邪？取文書來！』君計窮吐實。嫗曰：『無苦。翁大人不疑人欺，我得一卷書，粗若告身者，我袖以往，翁見未必取視，幸而聽我。』行其謀。翁望見文書銜袖，果信不疑，曰：『足矣。』以女與王氏。生三子，一男二女。男三歲夭死，長女嫁亳州永城尉姚挺，其季始十歲。銘曰：

鼎也不可以柱車，馬也不可使守閭。佩玉長裾，不利走趨。祇繫其逢，不繫巧愚。不諧其須，有銜不祛。鑽石埋辭，以列幽墟。

【評箋】

以怪文狀强士，極可觀。（黄震《黄氏日抄》）

『懷奇負氣』四字，是王君一生本領，逐段以此作綫。蓋惟懷奇負氣，所以不用於世；即用亦不能盡其用，卒致長往不顧、鬱鬱病殞者，此也。擇婦先擇翁，以爲惟此翁可人意，則茫茫宇宙間，欲別求第二人，必不可得矣。婿入南山，翁投江水，諸公貴人之側，皆一班熟軟媚耳目物件，方枘入鑿，無所容身。冰清玉潤，又得一樂廣、衛玠，真奇緣也。紿媒得婦，雖於名節有所戾契，然不羈游戲，所以成其爲天下奇男子。不然，一法度士而已。篇中叙事，錯落可喜，而銘詞復峭拔古奥，誠昌黎得意妙文。（林雲銘《韓文起》）

柳子厚墓誌銘

子厚諱宗元。七世祖慶，爲拓跋魏侍中，封濟陰公。曾伯祖奭，爲唐宰相，與褚遂良、韓瑗俱得罪武后，死高宗朝。皇考諱鎮，以事母弃太常博士，求爲縣令江南。其後以不能媚權貴失御史，權貴人死，乃復拜侍御史，號爲剛直，所與游皆當世名人。

子厚少精敏，無不通達。逮其父時，雖少年已自成人，能取進士第，嶄然見頭角。衆謂柳氏有子矣。其後，以博學宏詞授集賢殿正字。儁傑廉悍，議論證據今古，出入經史百子，踔厲風發，率常屈其座人。名聲大振，一時皆慕與之交。諸公要人争欲令出我門下，交口薦譽之。

貞元十九年，由藍田尉拜監察御史。順宗即位，拜禮部員外郎。遇用事者得罪，例出爲刺史。未至，又例貶永州司馬。居閑，益自刻苦，務記覽，爲詞章，泛濫停蓄，爲深博無涯涘。而自肆於山水間。元和中，嘗例召至京師，又偕出爲刺史，而子厚得柳州。既至，嘆曰：『是豈不足爲政邪？』因其土俗，爲設教禁，州人順賴。其俗以男女質錢，約不時贖，子本相侔，則没爲奴婢。子厚與設方計，悉令贖歸。其尤貧力不能者，令書其傭，足相當，則使歸其質。觀察使下其法於他州，比一歲，免而歸者且千人。衡湘以南爲進士者，皆以子厚爲師，其經承子厚口講指畫爲文詞者，悉有法度可觀。

其召至京師而復爲刺史也，中山劉夢得禹錫亦在遣中，當詣播州。子厚泣曰：『播州非人所居，而夢得親在堂，吾不忍夢得之窮，無辭以白其大人，且萬無母子俱往理。』請於朝，將拜疏，願以柳易播，雖重得罪，死不恨。遇有以夢得事白上者，夢得於是改刺連州。嗚呼！士窮乃見節義。今夫平居里巷相慕悅，酒食游戲相徵逐，詡詡强笑語以相取下，握手出肺肝相示，指天日涕泣，誓生死不相背負，真若可信；一旦臨小利害，僅如毛髮比，反眼若不相識。落陷阱不一引手救，反擠之又下石焉者，皆是也。此宜禽獸夷狄所不忍爲，而其人自視以爲得計，聞子厚之風，亦可以少愧矣。

子厚前時少年，勇於爲人，不自貴重顧藉，謂功業可立就，故坐廢退。既退，又無相知有氣力得位者推挽，故卒死於窮裔。材不爲世用，道不行於時也。使子厚在臺省時，自持其身，已能如司馬、刺史時，亦自不斥；斥時有人力能舉之，且必復用不窮。然子厚斥不久，窮不極，雖有出於人，其文學辭章，必不能自力以致必傳於後如今無疑也。雖使子厚得所願，爲將相於一時，以彼易此，孰得孰失，必有能辨之者。

子厚以元和十四年十一月八日卒，年四十七。以十五年七月十日歸葬萬年先人墓側。子厚有子男二人，長曰周六，始四歲；季曰周七，子厚卒乃生。女子二人，皆幼。其得歸葬也，費皆出觀察使河東裴君行立。行立有節概，立然諾，與子厚結交。子厚亦爲之盡，竟賴其力。葬子厚於萬年之墓者，舅弟盧遵。遵，涿人，性謹慎，學問不厭。自子厚之斥，遵從而家焉，逮其死不去。既往葬子厚，又將經紀其家，庶幾有始終者。銘曰：

是惟子厚之室。既固既安，以利其嗣人。

【評箋】

有抑揚隱顯不失實之道，有朋友交游無限愛惜之情，有相推以文墨之意，即令先生自第所作墓志，亦當壓卷此篇。（儲欣《唐宋十大家全集録》）

昌黎墓誌第一，亦古今墓誌第一。以韓誌柳，如太史公傳李將軍，爲之不遺餘力矣。（儲欣《唐宋八大家類選》）

故幽州節度判官贈給事中清河張君墓誌銘

張君名徹，字某，以進士累官至范陽府監察御史。長慶元年，今牛宰相爲御史中丞，奏君名迹中御史選，詔即以爲御史。其府惜不敢留，遣之，而密奏：『幽州將父子繼續，不廷選且久，今新收，臣又始至，孤怯，須强佐乃濟。』發半道，有詔以君還之。仍遷殿中侍御史，加賜朱衣銀魚。至數日，軍亂，怨其府從事，盡殺之，而囚其帥。且相約：張御史長者，毋侮辱轢蹙我事，無庸殺，置之帥所。

居月餘，聞有中貴人自京師至。君謂其帥：『公無負此土人。上使至，可因請見自辨，幸得脱免歸。』即推門求出，守者以告其魁。魁與其徒皆駭曰：『必張御史。張御史忠義，必爲其帥告此餘人，不如遷之别館。』即與衆出君。君出門駡衆曰：『汝何敢反！前日吴元濟斬東市，昨日李師道斬於軍中。同惡者父母妻子皆屠死，肉喂狗鼠鴟鴉。汝何敢反！汝何敢反！』行且駡，衆畏惡其言，不忍聞。且虞生變，即擊君以死。君抵死口不絶駡。衆皆曰：『義士！義士！』或收瘞之以俟。

事聞，天子壯之，贈給事中。其友侯雲長佐鄆使，請於其帥馬僕射，爲之選於軍中，得故與君相知張恭、李元實者，使以幣請之范陽。范陽人義而歸之。以聞，詔所在給船轝，傳歸其家，賜錢物以葬。長慶四年四月某日，其妻子以君之喪葬于某州某所。

君弟復亦進士，佐汴宋，得疾，變易喪心，驚惑不常。君得閑即自視衣褥薄厚，節時其飲食，而匕筯進養之。禁其家無敢高語出聲。醫餌之藥，其物多空青、雄黃諸奇怪物，劑錢至十數萬；營治勤劇，皆自君手，不假之人。家貧，妻子常有飢色。祖某，某官；父某，某官。妻韓氏，禮部郎中某之孫，汴州開封尉某之女，於余爲叔父孫女。君常從余學，選於諸生而嫁與之。孝順祇修，群女效其所爲，男若干人，曰某；女子曰某。銘曰：

嗚呼徹也！世慕顧以行，子揭揭也。噎喑以爲生，子獨割也。爲彼不清，作玉雪也。仁義以爲兵，用不缺折也。知死不失名，得猛厲也。自申于闇明，莫之奪也。我銘以貞之，不肖者之咀也。

【評箋】

歐陽公記醉翁亭，用『也』字；荆公誌葛源，亦終篇用『也』字，蓋本於《易》之雜

卦。韓文公銘張徹亦然。（王應麟《困學紀聞》）

藍田縣丞廳壁記

丞之職所以貳令，於一邑無所不當問。其下主簿、尉，主簿、尉乃有分職。丞位高而偪，例以嫌不可否事。文書行，吏抱成案詣丞，卷其前，鉗以左手，右手摘紙尾，雁鶩行以進。平立，睨丞曰：『當署。』丞涉筆占位，署惟謹，目吏問可不可。吏曰：『得。』則退，不敢略省，漫不知何事。官雖尊，力勢反出主簿、尉下。諺數慢，必曰『丞』，至以相訾謷。丞之設，豈端使然哉！

博陵崔斯立，種學績文，以蓄其有，泓涵演迤，日大以肆。貞元初，挾其能，戰藝於京師，再進再屈于人。元和初，以前大理評事言得失黜官，再轉而爲丞茲邑。始至，喟曰：『官無卑，顧材不足塞職。』既噤不得施用，又喟曰：『丞哉丞哉！余不負丞，而丞負余。』則盡枿去牙角，一躡故迹，破崖岸而爲之。丞廳故有記，壞漏污不可讀。斯立易桷與瓦，墁治壁，悉書前任人名氏。庭有老槐四行，南牆鉅竹千梃，儼立若相持，水㶁㶁循除鳴。斯立痛掃漑，對樹二松，日哦其間。有問者輒對曰：『余方有公事，子姑去。』

考功郎中、知制誥韓愈記。

【評箋】

縣丞一席，論國家設官之意，於一邑無所不當問；及其後有避嫌之例，又於一邑無所當問者也。文書方行，吏抱成案請署景況，不但不如簿尉，反不如吏猶有所知矣。

至誶以丞爲慢語相訾相謷，不但不成其爲有用之官，且不成其爲有用之人矣。丈夫當爲雄飛，不當爲雌伏。到此地位，把畢生之學問氣節，俱應一刀兩斷，付之東流大海。即平日無所短長之人且不能堪，況崔君乎？昌黎不便説丞當問邑事，又不便説崔君不當爲丞，只痛發丞之職例不得施用，轉入崔君平日有學問，有氣節，到此不得不循例而行，即以其兩番喟嘆之言叙入。則丞原非空設，而崔君不當爲丞之意，無不俱見。末叙崔君哦松對人之言，以明其超然於川舍之外，代占却許多地步。細玩結語竟住，此後又加一語不得，真古今有數奇文。（林雲銘《韓文起》）

平淮西碑 并序

天以唐克肖其德，聖子神孫，繼繼承承，於千萬年，敬戒不怠，全付所覆，四海九州，罔有內外，悉主悉臣。高祖、太宗，既除既治。高宗、中、睿，休養生息。至于玄宗，受報收功，極熾而豐，物衆地大，孽牙其間。肅宗、代宗，德祖、順考，以勤以容。大慝適去，稂莠不薅，相臣將臣，文恬武嬉，習熟見聞，以爲當然。

睿聖文武皇帝既受群臣朝，乃考圖數貢，曰：『嗚呼！天既全付予有家，今傳次在予；予不能事事，其何以見于郊廟？』群臣震慴，奔走率職。明年平夏，又明年平蜀，又明年平江東，又明年平澤潞，遂定易定，致魏、博、貝、衛、澶、相，無不從志。皇帝曰：『不可究武，予其少息。』

九年，蔡將死，蔡人立其子元濟。以請，不許，遂燒舞陽，犯葉、襄城，以動東都，放兵四劫。皇帝歷問于朝，一二臣外，皆曰：『蔡帥之不廷授，于今五十年，傳三姓四將，其樹本堅，兵利卒頑，不與他等。因撫而有，順且無事。』大官臆决唱聲，萬口和附，并爲一談，牢不可破。

皇帝曰：『惟天惟祖宗所以付任予者，庶其在此，予何敢不力？況一二臣同，不爲無助。』曰：『光顔，汝爲陳許帥，維是河東、魏博、郃陽三軍之在行者，汝皆將之。』曰：『重胤，汝故有河陽、懷，今益以汝，維是朔方、義成、陝、益、鳳翔、延、慶七軍之在行者，汝皆將之。』曰：『弘，汝以卒萬二千屬而子公武往討之。』曰：『文通，汝守壽，維是宣武、淮南、宣歙、浙西四軍之行于壽者，汝皆將之。』曰：『道古，汝其觀察鄂岳。』曰：『愬，汝帥唐、鄧、隨，各以其兵進戰。』曰：『度，汝長御史，其往視師。』曰：『度，惟汝予同，汝遂相予，以賞罰用命不用命。』曰：『弘，汝其以節都統諸軍。』曰：『守謙，汝出入左右，汝惟近臣，其往撫師。』曰：『度，汝其往，衣服、飲食予士，無寒無飢，以既厥事，遂生蔡人。賜汝節、斧、通天御帶，衛卒三百。凡茲廷臣，汝擇自從，惟其賢能，無憚大吏。庚申，予其臨門送汝。』曰：『御史，予閔士大夫戰甚苦，自今以往，非郊廟祠祀，其無用樂。』

顏、胤、武合攻其北，大戰十六，得栅、城、縣二十三，降人卒四萬。道古攻其東南，八戰，降萬三千。再入申，破其外城。文通戰其東，十餘遇，降萬二千。愬入其西，得賊將，輒釋不殺；用其策，戰比有功。十二年八月，丞相度至師，都統弘責戰益急，顏、胤、武合戰，益用命。元濟盡并其衆洄曲以備。十月壬申，愬用所得賊將，自文城因天大雪，疾馳百二十里，用夜半到蔡，破其門，取元濟以獻。盡得其屬人卒。辛巳，丞相度入蔡，以皇帝命赦其人。淮西平，大饗賚功。師還之日，因以其食賜蔡人。凡蔡卒三萬五千，其不樂爲兵願歸爲農者十九，悉縱之。斬元濟京師。

册功：弘加侍中，愬爲左僕射帥山南東道，顔、胤皆加司空，公武以散騎常侍帥鄜坊、丹、延，道古進大夫，文通加散騎常侍；丞相度朝京師，道封晋國公，進階金紫光禄大夫，以舊官相；而以其副總爲工部尚書，領蔡任。既還奏，群臣請紀聖功，被之金石。皇帝以命臣愈。臣愈再拜稽首而獻文曰：

唐承天命，遂臣萬邦，孰居近土，襲盜以狂。往在玄宗，崇極而圮，河北悍驕，河南附起。四聖不宥，屢興師征，有不能尅，益戍以兵。夫耕不食，婦織不裳，輸之以車，爲卒賜糧。外多失朝，曠不嶽狩，百隸怠官，事亡其舊。帝時繼位，顧瞻咨嗟，惟汝文武，孰恤予家。既斬吴、蜀，旋取山東，魏將首義，六州降從。淮蔡不順，自以爲强，提兵叫讙，欲事故常。始命討之，遂連奸鄰，陰遣刺客，來賊相臣。方戰未利，内驚京師，群公上言，莫若惠來。帝爲不聞，與神爲謀，乃相同德，以訖天誅。乃敕顏、胤、愬、武、古、通，咸統於弘，各奏汝功。三方分攻，五萬其師，大軍北乘，厥數倍之。常兵時曲，軍士蠢蠢，既翦陵雲，蔡卒大窘。勝之邵陵，郾城來降，自夏入秋，復屯相望。兵頓不勵，告功不時，帝哀征夫，命相往釐。士飽而歌，馬騰於槽，試之新城，賊遇敗逃。盡抽其有，聚以防我，西師躍入，道無留者。頟頟蔡城，其疆千里，既入而有，莫不順俟。帝有恩言，相度來宣，誅止其魁，釋其下人。蔡之卒夫，投甲呼舞；蔡之婦女，迎門笑語。蔡人告飢，船粟往哺；蔡人告寒，賜以繒布。始時蔡人，禁不往來，今相從戲，里門夜開。始時蔡人，進戰退戮，今旰而起，左飧右粥。爲之擇人，以收餘憊，選吏賜牛，教而不税。蔡人有言，始迷不知，今乃大覺，羞前之爲。蔡人有言，天子明聖，不順族誅，順保性命。汝不吾信，視此蔡方，孰爲不順，往斧其吭。凡叛有數，聲勢相倚，吾强不支，汝弱奚恃？其告而長，而父而兄，奔走偕來，同我太平。淮蔡爲亂，天子伐之，既伐而飢，天子活之。始議伐蔡，卿士莫隨，既伐四年，小大并疑。不赦不疑，由天子明，凡此蔡功，惟斷乃成。既定淮蔡，四夷畢來，遂開明堂，坐以治之。

【評箋】

龍圖孫學士覺喜論文，謂退之《淮西碑》叙如《書》、銘如《詩》。（陳師道《後山詩話》）

通篇次第戰功，摹倣《史》《漢》，而其辭旨特自出機軸。其最好處在得臣下頌美天子之體。（茅坤《唐宋八大家文鈔》）

『大歷適去』，謂安、史也。又『況一二臣同』節，叙諸將，皆述皇帝詔言，故文氣振拔异常，通首得勢在此。（曾國藩《求闕齋讀書録》）

鱷魚文

維年月日，潮州刺史韓愈使軍事衙推秦濟，以羊一豬一投惡谿之潭水，以與鱷魚食，而告之曰：

昔先王既有天下，列山澤，罔繩擉刃，以除蟲蛇惡物爲民害者，驅而出之四海之外。及後王德薄，不能遠有，則江漢之間，尚皆弃之以與蠻夷楚越，况潮嶺海之間，去京師萬里哉？鱷魚之涵淹卵育於此，亦固其所。今天子嗣唐位，神聖慈武，四海之外，六合之内，皆撫而有之；况禹迹所揜，揚州之近地，刺史、縣令之所治，出貢賦以供天地、宗廟、百神之祀之壤者哉！鱷魚其不可與刺史雜處此土也。

刺史受天子命，守此土，治此民，而鱷魚睅然不安谿潭，據處食民畜、熊、豕、鹿、獐以肥其身，以種其子孫，與刺史亢拒，争爲長雄。刺史雖駑弱，亦安肯爲鱷魚低首下心，伈伈睍睍，爲民吏羞，以偷活於此邪？且承天子命以來爲吏，固其勢不得不與鱷魚辨；鱷魚有知，其聽刺史言：

潮之州，大海在其南，鯨鵬之大，蝦蟹之細，無不歸容，以生以食，鱷魚朝發而夕至也。今與鱷魚約：盡三日，其率醜類南徙于海，以避天子之命吏。三日不能至五日，五日不能至七日。七日不能，是終不肯徙也，是不有刺史聽從其言也。不然，則是鱷魚冥頑不靈，刺史雖有言，不聞不知也。夫傲天子之命吏，不聽其言，不徙以避之，與冥頑不靈而爲民物害者，皆可殺。刺史則選材技吏民，操强弓毒矢，以與鱷魚從事。必盡殺乃止，其無悔！

【評箋】

詞嚴義正，看之便足動鬼神。（茅坤《唐宋八大家文鈔》）

《周書·大誥》之遺。羊豕以食之，禮也；導之歸海，仁也；不聽則强弓毒矢隨其後，義也。享其禮、感其仁、畏其義，安得不服！（儲欣《唐宋十大家全集録》）

祭十二郎文

年月日，季父愈聞汝喪之七日，乃能銜哀致誠，使建中遠具時羞之奠，告汝十二郎之靈：嗚呼！吾少孤，及長，不省所怙，惟兄嫂是依。中年，兄殁南方，吾與汝俱幼，從嫂歸葬河陽。既又與汝就食江南，零丁孤苦，未嘗一日相離也。吾上有三兄，皆不幸早世。承先人後者，在孫惟汝，在子惟吾。兩世一身，形單影隻。嫂常撫汝指吾而言曰：『韓氏兩世，惟此而已。』汝時尤小，當不復記憶；吾時雖能記憶，亦未知其言之悲也。

吾年十九，始來京城，其後四年而歸視汝。又四年，吾往河陽省墳墓，遇汝從嫂喪來葬。又二年，吾佐董丞相于汴州，汝來省吾，止一歲，請歸取其孥。明年，丞相薨，吾去汴州，汝不果來。是年，吾佐戎徐州，使取汝者始行，吾又罷去，汝又不果來。吾念汝從于東，東亦客也，不可以久。圖久遠者，莫如西歸，將成家而致汝。嗚呼！孰謂汝遽去吾而殁乎！吾與汝俱少年，以爲雖暫相別，終當久相與處，故捨汝而旅食京師，以求斗斛之禄。誠知其如此，雖萬乘之公相，吾不以一日輟汝而就也。

去年，孟東野往。吾書與汝曰：『吾年未四十，而視茫茫，而髮蒼蒼，而齒牙動摇。念諸父與諸兄，皆康彊而早世，如吾之衰者，其能久存乎？吾不可去，汝不肯來，恐旦暮死，而汝抱無涯之戚也。』孰謂少者殁而長者存，彊者夭而病者全乎！嗚呼，其信然邪？其夢邪？其傳之非其真邪？信也，吾兄之盛德而夭其嗣乎？汝之純明而不克蒙其澤乎？少者、彊者而夭殁，長者、衰者而存全乎？未可以爲信也。夢也，傳之非其真也，東野之書、耿蘭之報，何爲而在吾側也？嗚呼，其信然矣！吾兄之盛德而夭其嗣矣！汝之純明宜業其家者不克蒙其澤矣！所謂天者誠難測，而神者誠難明矣！所謂理者不可推，而壽者不可知矣！雖然，吾自今年來，蒼蒼者或化而爲白矣，動摇者或脱而落矣。毛血日益衰，志氣日益微，幾何不從汝而死也。死而有知，其幾何離；其無知，悲不幾時，而不悲者無窮期矣。汝之子始十歲，吾之子始五歲，少而彊者不可保，如此孩提者又可冀其成立邪？嗚呼哀哉！嗚呼哀哉！

汝去年書云：『比得軟脚病，往往而劇。』吾曰：是疾也，江南之人常常有之，未始以爲憂也。嗚呼，其竟以此而殞其生乎？抑別有疾而至斯乎？汝之書，六月十七日也。東野云，汝殁以六月二日；耿蘭之報無月日。蓋東野之使者，不知問家人以月日；如耿蘭之報，不知當言月日。東野與吾書，乃問使者，使者妄稱以應之耳。其然乎？其不然乎？

今吾使建中祭汝，吊汝之孤與汝之乳母。彼有食，可守以待終喪，則待終喪而取以來；如不能守以終喪，則遂取以來。其餘奴婢，并令守汝喪。吾力能改葬，終葬汝於先人之兆，然後惟其所願。嗚呼！汝病吾不知時，汝殁吾不知日；生不能相養以共居，殁不得撫汝以盡哀；斂不憑其棺，窆不臨其穴；吾行負神明，而使汝夭；不孝不慈，而不得與汝相養以生，相守以死。一在天之涯，一在地之角。生而影不與吾形相依，死而魂不與吾夢相接。吾實爲之，其又何尤！彼蒼者天，曷其有極！

自今已往，吾其無意於人世矣。當求數頃之田於伊潁之上，以待餘年。教吾子與汝子，幸其成；長吾女與汝女，待其嫁——如此而已。嗚呼！言有窮而情不可終，汝其知也邪？其不知也邪？嗚呼哀哉，尚饗！

【評箋】

有泣，有呼，有踊，有絮語，有放聲長號。此文而外，惟柳河東《太夫人墓表》同其慘裂。（儲欣《唐宋十大家全集録》）

文字中用語助太多，或令文氣卑弱。典謨訓誥之文，其末句初無『耶』『歟』『者』『也』之辭，而渾渾灝灝噩噩，列於六經。然後之文人，多因難以見巧。退之《祭十二郎老成文》一篇，大率皆用助語。其最妙處，自『其信然耶』以下，至『幾何不從汝而死也』一段，僅三十句，凡句尾連用『邪』字者三，連用『乎』字者三，連用『也』字者四，連用『矣』字者七，幾於句句用助辭矣。而反覆出没，如怒濤驚湍，變化不測，非妙於文章者，安能及此？其後歐陽公作《醉翁亭記》繼之，又特盡紆徐不迫之態。二公固以爲游戲，然非大手筆不能也。（費衮《梁谿漫志》）

祭柳子厚文

維年月日，韓愈謹以清酌庶羞之奠，祭于亡友柳子厚之靈：

嗟嗟子厚，而至然邪？自古莫不然，我又何嗟？人之生世，如夢一覺，其間利害，竟亦何校？當其夢時，有樂有悲，及其既覺，豈足追惟？

凡物之生，不願爲材，犧尊青黄，乃木之災。子之中弃，天脱馵羈，玉佩瓊琚，大放厥辭。富貴無能，磨滅誰紀？子之自著，表表愈偉。不善爲斲，血指汗顔，巧匠旁觀，縮手袖間。子之文章，而不用世，乃令吾徒，掌帝之制。子之視人，自以無前，一斥不復，群飛刺天。

嗟嗟子厚，今也則亡，臨絶之音，一何琅琅。遍告諸友，以寄厥子，不鄙謂余，亦託以死。凡今之交，觀勢厚薄，余豈可保，能承子託？非我知子，子實命我，猶有鬼神，寧敢遺墮？念子永歸，無復來期，設祭棺前，矢心以辭。嗚呼哀哉，尚饗！

【評箋】

昌黎誌子厚墓，相知之誼，似不如祭文。（茅坤《唐宋八大家文鈔》）

峻潔直上，語經百鍊，公文如此等，乃不復可攀躋矣。（曾國藩《求闕齋讀書録》）

大意謂人無不死，即生前之通窮得失，原屬夢幻，皆不足爲輕重。所痛惜者，以蓋世文章，竟不能供國家之用，有才不如無才耳。柳文至貶斥後愈工，故曰中葉。末以生死相託之情，自矢不負，一片血淚，不忍多讀。（胡懷琛《言文對照古文筆法百篇》）

祭河南張員外文

維年月日，彰義軍行軍司馬守太子右庶子兼御史中丞韓愈，謹遣某乙以庶羞清酌之奠，祭于亡友故河南縣令張十二員外之靈：

貞元十九，君爲御史，余以無能，同詔并跱。君德渾剛，標高揭己，有不吾如，唾猶泥滓。余戇而狂，年未三紀，乘氣加人，無挾自恃。

彼婉孌者，實憚吾曹，側肩帖耳，有舌如刀。我落陽山，以尹鼯猱；君飄臨武，山林之牢。歲弊寒凶，雪虐風饕，顛於馬下，我泗君咷。夜息南山，同卧一席，守隸防夫，觝頂交跖。洞庭漫汗，粘天無壁，風濤相豗，中作霹靂。追程盲進，帆船箭激。南上湘水，屈氏所沈；二妃行迷，泪蹤染林。山哀浦思，鳥獸叫音。余唱君和，百篇在吟。

君止于縣，我又南逾，把觴相飲，後期有無。期宿界上，一又相語，自別幾時，遽變寒暑。枕臂欹眠，加余以股。僕來告言，虎入厩處，無敢驚逐，以我驤去。君云是物，不駿於乘，虎取而往，來寅其徵。我預在此，與君俱膺，猛獸果信，惡禱而憑。

余出嶺中，君俟州下，偕掾江陵，非余望者。郴山奇變，其水清寫，泊沙倚石，有罣無捨。衡陽放酒，熊咆虎嘷，不存令章，罰籌蝟毛。委舟湘流，往觀南嶽，雲壁潭潭，穹林攸擢。避風太湖，七日鹿角，鈎登大鲇，怒頰豕狗。臠盤炙酒，群奴餘啄。走官階下，首下尻高。下馬伏塗，從事是遭。

予徵博士，君以使已，相見京師，過願之始。分教東生，君掾雍首，兩都相望，於別何有。解手背面，遂十一年，君出我入，如相避然。生闊死休，吞不復宣。

刑官屬郎，引章訐奪，權臣不愛，南康是斡。明條謹獄，氓獠户歌。用遷澧浦，爲人受瘥。還家東都，起令河南，屈拜後生，憤所不堪。屢以正免，身伸事蹇，竟死不昇，孰勸爲善。

丞相南討，余辱司馬，議兵大梁，走出洛下。哭不憑棺，莫不親𦤎，不撫其子，葬不送野。望君傷懷，有隕如瀉。銘君之績，納石壤中，爰及祖考，紀德事功。外著後世，鬼神與通，君其奚憾，不余鑒衷？嗚呼哀哉，尚饗！

【評箋】

祭文體，本以用韵者爲正格。若不駕馭以散文之法，終覺直致。昌黎《祭河南張員外文》，曲折詳盡，造語尤奇麗。員外名署，與公同爲御史，順宗朝又俱徙江陵，同官復同患難，故言之歷歷，情致自生。按之前後際，仍寓提挈結束之法。入手叙同官，以直見譴。陽山、臨武，皆二公貶所。『以尹鼯猱』句，『尹』字是字法，甚之之詞也。

陽山、臨武，路過湖南，其寫過江風物，與旅宿逢虎，狀極逼真。『洞庭漫汗，黏天無壁』，語尤雄警。『偕掾江陵』，是量移內地，又將洞庭一提。元和元年六月，公召爲國子博士，署仍掾江陵，文中言『相見京師』者，元和二年，署爲京兆府司録參軍也。其云『解手背面，遂十一年』者，言署守虔州，見惡於觀察，拜河南令，又不見悦於尹，所云『屢以正免，身伸事蹇』者也。用字造句固是昌黎長技，然綜叙張署生平及與己交際，伸縮繁簡，讀之井井然。繁處極意抒寫，簡處用縮筆。讀之不已，可悟韵語長篇之法。（林紓《韓柳文研究法》）

送李愿歸盤谷序

太行之陽有盤谷。盤谷之間，泉甘而土肥，草木叢茂，居民鮮少。或曰：謂其環兩山之間，故曰『盤』。或曰：是谷也，宅幽而勢阻，隱者之所盤旋。友人李愿居之。

愿之言曰：『人之稱大丈夫者，我知之矣：利澤施于人，名聲昭于時，坐于廟朝，進退百官而佐天子出令；其在外，則樹旗旄，羅弓矢，武夫前呵，從者塞途，供給之人各執其物，夾道而疾馳；喜有賞，怒有刑，才畯滿前，道古今而譽盛德，入耳而不煩；曲眉豐頰，清聲而便體，秀外而惠中，飄輕裾，翳長袖，粉白黛緑者，列屋而閑居，妒寵而負恃，爭妍而取憐——大丈夫之遇知於天子、用力於當世者之所爲也。吾非惡此而逃之，是有命焉，不可幸而致也。窮居而野處，升高而望遠，坐茂樹以終日，濯清泉以自潔；采於山，美可茹，釣於水，鮮可食；起居無時，惟適之安，與其有譽於前，孰若無毁於其後，與其有樂於身，孰若無憂於其心；車服不維，刀鋸不加，理亂不知，黜陟不聞——大丈夫不遇於時者之所爲也，我則行之。伺候於公卿之門，奔走於形勢之途；足將進而趑趄，口將言而囁嚅；處穢污而不羞，觸刑辟而誅戮，僥倖於萬一，老死而後止者，其於爲人，賢不肖何如也？』

昌黎韓愈聞其言而壯之，與之酒而爲之歌曰：盤之中，維子之宮；盤之土，維子之稼；盤之泉，可濯可沿；盤之阻，誰争子所。窈而深，廓其有容；繚而曲，如往而復。嗟盤之樂兮，樂且無殃。虎豹遠迹兮，蛟龍遁藏。鬼神守護兮，呵禁不祥。飲且食兮壽而康，無不足兮奚所望。膏吾車兮秣吾馬，從子於盤兮終吾生以徜徉。

【評箋】

歐陽文忠公嘗謂：『晋無文章，惟陶淵明《歸去來》一篇而已。』余亦以謂唐無文章，惟韓退之《送李愿歸盤谷》一篇而已。平生願效此作一篇，每執筆輒罷，因自笑曰：不若且放教退之獨步。（蘇軾《東坡題跋》）

一節是形容得意人，一節是形容閑居人，一節是形容奔走伺候人，都結在『人賢不肖何如也』一句上。全舉李愿自己說話，自說只前數語寫盤谷，後一歌詠盤谷，别是一格。（吴楚材等《古文觀止》）

送孟东野序

大凡物不得其平則鳴。草木之無聲，風撓之鳴；水之無聲，風蕩之鳴——其躍也或激之，其趨也或梗之，其沸也或炙之。金石之無聲，或擊之鳴。人之於言也亦然，有不得已者而后言。其歌也有思，其哭也有懷，凡出乎口而爲聲者，其皆有弗平者乎？樂也者，鬱於中而泄於外者也，擇其善鳴者而假之鳴。金、石、絲、竹、匏、土、革、木八者，物之善鳴者也。維天之於時也亦然，擇其善鳴者而假之鳴。是故以鳥鳴春，以雷鳴夏，以蟲鳴秋，以風鳴冬。四時之相推敚，其必有不得其平者乎？

其於人也亦然。人聲之精者爲言，文辭之於言，又其精也，尤擇其善鳴者而假之鳴。其在唐虞，咎陶、禹其善鳴者也，而假以鳴。夔弗能以文辭鳴，又自假於《韶》以鳴。夏之時，五子以其歌鳴。伊尹鳴殷，周公鳴周。凡載於《詩》《書》六藝，皆鳴之善者也。周之衰，孔子之徒鳴之，其聲大而遠。《傳》曰：『天將以夫子爲木鐸。』其弗信矣乎？其末也，莊周以其荒唐之辭鳴。楚，大國也，其亡也，以屈原鳴。臧孫辰、孟軻、荀卿，以道鳴者也。楊朱、墨翟、管夷吾、晏嬰、老聃、申不害、韓非、昚到、田駢、鄒衍、尸佼、孫武、張儀、蘇秦之屬，皆以其術鳴。秦之興，李斯鳴之。漢之時，司馬遷、相如、揚雄最其善鳴者也。其下魏、晉氏，鳴者不及於古，然亦未嘗絶也。就其善者，其聲清以浮，其節數以急，其辭淫以哀，其志弛以肆，其爲言也亂雜而無章。將天醜其德莫之顧邪？何爲乎不鳴其善鳴者也？

唐之有天下，陳子昂、蘇源明、元結、李白、杜甫、李觀皆以其所能鳴。其存而在下者，孟郊東野始以其詩鳴，其高出魏、晉，不懈而及於古；其他浸淫乎漢氏矣。從吾游者，李翺、張籍其尤也。三子者之鳴信善矣。抑不知天將和其聲而使鳴國家之盛邪？抑將窮餓其身、思愁其心腸而使自鳴其不幸邪？三子者之命則懸乎天矣。其在上也奚以喜，其在下也奚以悲？

東野之役於江南也，有若不釋然者。故吾道其命於天者以解之。

【評箋】

此篇凡六百二十餘字，『鳴』字四十，讀者不覺其繁，何也？句法變化凡二十九樣。有頓挫，有升降，有起伏，有抑揚，如層峰疊巒，如驚濤怒浪，無一句懈怠，無一字塵埃，愈讀愈可喜。（謝枋得《文章軌範》）

選家選昌黎文，無集不有《送孟東野序》《祭十二郎文》二篇。余生平最不喜此。送序拉雜太甚，使事點綴，信口而出，與其篇腦所云『物不得其平則鳴』者迥异。祭文描頭畫角，裝腔作勢，而真意反薄。余謂退之作二文初成時，當極得意，後必悔之。此語非門外漢所能知者。（徐時棟《烟嶼樓筆記》）

送董邵南序

燕、趙古稱多感慨悲歌之士。董生舉進士，連不得志於有司，懷抱利器，鬱鬱適茲土。吾知其必有合也。董生勉乎哉！夫以子之不遇時，苟慕義彊仁者皆愛惜焉。矧燕、趙之士出乎其性者哉！

然吾嘗聞風俗與化移易，吾惡知其今不異於古所云邪？聊以吾子之行卜之也。董生勉乎哉！

吾因子有所感矣。爲我吊望諸君之墓，而觀於其市，復有昔時屠狗者乎？爲我謝曰：明天子在上，可以出而仕矣。

【評箋】

此篇言燕、趙之士，仁義出於其性，乃故反其詞，深譏其不臣而習亂之意，故其卒

章又爲道上威德，以警動而招徠之，其旨微矣。讀者詳之。（朱熹《昌黎先生集考异》）

文僅百餘字，而感慨古今，若與燕、趙豪儁之士，相爲叱咤嗚咽。其間一涕一笑，其味不窮。昌黎序文當屬第一首。（茅坤《唐宋八大家文鈔》）

勸其往，又似勸其不必往；言必有合，又似恐其未必合；語意一半是愛惜邵南，一半是不滿藩鎮。通篇只是『風俗與化移易』句爲上下過脉，而以『古』『今』二字呼應，含蓄不露，曲盡吞吐之妙。唐文惟韓奇，此又爲韓中之奇。（過珙《古文評注》）

董生憤己不得志，將往河北，求用於諸藩鎮，故公作此送之。始言董生之往必有合，中言恐未必合，終諷諸鎮之歸順，及董生不必往。文僅百十餘字，而有無限開闔，無限變化，無限含蓄，短章聖手。（吴楚材等《古文觀止》）

送高閑上人序

苟可以寓其巧智，使機應於心，不挫於氣，則神完而守固，雖外物至，不膠於心。堯、舜、禹、湯治天下，養叔治射，庖丁治牛，師曠治音聲，扁鵲治病，僚之於丸，秋之於弈，伯倫之於酒，樂之終身不厭，奚暇外慕？夫外慕徙業者，皆不造其堂、不嚌其胾者也。

往時張旭善草書，不治他伎。喜怒窘窮，憂悲愉佚，怨恨思慕，酣醉無聊不平，有動於心，必於草書焉發之。觀於物，見山水崖谷，鳥獸蟲魚，草木之花實，日月列星，風雨水火，雷霆霹靂，歌舞戰鬥，天地事物之變，可喜可愕，一寓於書。故旭之書，變動猶鬼神，不可端倪，以此終其身而名後世。

今閑之於草書，有旭之心哉？不得其心而逐其迹，未見其能旭也。爲旭有道：利害必明，無遺錙銖，情炎於中，利欲鬥進，有得有喪，勃然不釋，然後一決於書，而後旭可幾也。今閑師浮屠氏，一死生，解外膠。是其爲心，必泊然無所起；其於世，必淡然無所嗜。泊與淡相遭，頹墮委靡，潰敗不可收拾，則其於書，得無象之然乎？然吾聞浮屠人善幻，多技能，閑如通其術，則吾不能知矣。

【評箋】

韓公本意，但謂人必有不平之心，鬱積之久而後發之，則其氣勇決而伎必精。今高閑既無是心，則其爲伎，宜其潰敗委靡而不能奇；但恐其善幻多伎，則不可知耳。此自韓公所見，非如《畫史》祖師之説也。（朱熹《昌黎先生集考异》）

《莊子》好文法，學古文者多觀之。苟取其法，不取其詞可也。若并取其詞爲己

出而用之，所謂鈍賊也。韓文公作《送高閑上人序》，蓋學其法而不用其一詞，此學之善者也。（薛瑄《薛文清公讀書録》）

道及張顛，公文即與之俱顛。長史顛于書者也，昌黎顛于文者也。其詭變大約與《南華》相似。（儲欣《唐宋十大家全集録》）

閑師，浮屠氏也。昌黎一生不許浮屠，故絶無可表揚。單就草書一節，略爲鋪張，其意思連草書亦不甚許。却妙在轉折間，意貶而辭不露。中論張旭一段，筆勢怒突，玩之却有至理。然此非浮屠氏所知也，便寓有諷意。（過珙《古文評注》）

與孟東野書

與足下別久矣，以吾心之思足下，知足下懸懸於吾也。各以事牽，不可合并，其於人人，非足下之爲見而日與之處，足下知吾心樂否也。吾言之而聽者誰歟？吾唱之而和者誰歟？言無聽也，唱無和也，獨行而無徒也，是非無所與同也，足下知吾心樂否也。

足下才高氣清，行古道，處今世，無田而衣食，事親左右無違。足下之用心勤矣，足下之處身勞且苦矣。混混與世相濁，獨其心追古人而從之。足下之道其使吾悲也。

去年春，脱汴州之亂，幸不死，無所於歸，遂來于此。主人與吾有故，哀其窮，居吾于符離睢上。及秋，將辭去，因被留以職事。默默在此，行一年矣。到今年秋，聊復辭去。江湖，余樂也，與足下終幸矣。

李習之娶吾亡兄之女，期在後月，朝夕當來此。張籍在和州居喪，家甚貧。恐足下不知，故具此白，冀足下一來相視也。自彼至此雖遠，要皆舟行可至。速圖之，吾之望也。春且盡，時氣向熱，惟侍奉吉慶。愈眼疾比劇，甚無聊，不復一一。愈再拜。

【評箋】

只澹澹一二語，傳出深情。篇中三『樂』字，一『悲』字，一『幸』字，天然關照。（沈德潛《唐宋八家文讀本》）

真氣足以動千歲下之人。韓公書札不甚矜意者，其文尤至。（曾國藩《求闕齋讀書録》）

答李翊書

六月二十六日，愈白。李生足下：

生之書辭甚高，而其問何下而恭也！能如是，誰不欲告生以其道？道德之歸也有日矣，況其外之文乎？抑愈所謂望孔子之門牆而不入于其宮者，焉足以知是且非邪？雖然，不可不爲生言之。

生所謂立言者是也。生所爲者與所期者，甚似而幾矣。抑不知生之志蘄勝於人而取於人邪？將蘄至於古之立言者邪？蘄勝於人而取於人，則固勝於人而可取於人矣。將蘄至於古之立言者，則無望其速成，無誘於勢利；養其根而俟其實，加其膏而希其光。根之茂者其實遂，膏之沃者其光曄；仁義之人，其言藹如也。

抑又有難者，愈之所爲，不自知其至猶未也。雖然，學之二十餘年矣。始者非三代兩漢之書不敢觀，非聖人之志不敢存；處若忘，行若遺，儼乎其若思，茫乎其若迷；當其取於心而注於手也，惟陳言之務去，戛戛乎其難哉！其觀於人，不知其非笑之爲非笑也。如是者亦有年，猶不改。然後識古書之正僞，與雖正而不至焉者，昭昭然白黑分矣，而務去之，乃徐有得也。當其取於心而注於手也，汩汩然來矣。其觀於人也，笑之則以爲喜，譽之則以爲憂，以其猶有人之説者存也。如是者亦有年，然後浩乎其沛然矣。吾又懼其雜也，迎而距之，平心而察之，其皆醇也，然後肆焉。雖然，不可以不養也。行之乎仁義之途，游之乎《詩》《書》之源，無迷其途，無絶其源，終吾身而已矣。氣，水也；言，浮物也。水大而物之浮者大小畢浮。氣之與言猶是也，氣盛則言之短長與聲之高下者皆宜。雖如是，其敢自謂幾於成乎？雖幾於成，其用於人也奚取焉？雖然，待用於人者，其肖於器邪？用與舍屬諸人。君子則不然：處心有道，行己有方；用則施諸人，舍則傳諸其徒，垂諸文而爲後世法。如是者，其亦足樂乎？其無足樂也？

有志乎古者希矣。志乎古必遺乎今。吾誠樂而悲之。亟稱其人，所以勸之，非敢褒其可褒而貶其可貶也。問於愈者多矣，念生之言不志乎利，聊相爲言之。愈白。

【評箋】

夫文章，必自名一家，然後可以傳不朽。若體規畫圓，準方作矩，終爲人之臣僕。古人譏屋下作屋，信然。陸機曰：『謝朝花于已披，啓夕秀于未振。』韓愈曰：『惟陳言之務去。』此乃爲文之要。五經皆不同體。孔子没後，百家奮興，類不相沿，是前人皆得此旨。嗚呼，吾亦悟之晚矣。（宋祁《宋景文公筆記》）

自叙歷學之次第，然後及其養所自出者，當熟味，如面承公之教我可也。（黄震《黄氏日抄》）

養氣之説，發自孟子，《論衡·自紀篇》亦言之。而以氣論文，則始自魏文帝《典論·論文》，其言『文以氣爲主』，遂開後來養氣之功。《文心雕龍·風骨篇》《顔氏家訓·文章篇》皆有所闡發。而公言『氣盛則言之短長與聲之高下者皆宜』，尤爲深造自得之言。（高步瀛《唐宋文舉要》）

與崔群書

自足下離東都，凡兩度枉問。尋承已達宣州，主人仁賢，同列皆君子。雖抱羈旅之念，亦且可以度日，無入而不自得。樂天知命者，固前修之所以禦外物者也。况足下度越此等百千輩，豈以出處近遠累其靈臺邪？宣州雖稱清凉高爽，然皆大江之南，風土不并以北。將息之道，當先理其心，心閑無事，然後外患不入。風氣所宜，可以審備，小小者亦當自不至矣。足下之賢，雖在窮約猶能不改其樂，况地至近，官榮禄厚，親愛盡在左右者邪？所以如此云云者，以爲足下賢者，宜在上位，託於幕府則不爲得其所。是以及之，乃相親重之道耳，非所以待足下者也。

僕自少至今，從事於往還朋友間一十七年矣。日月不爲不久，所與交往相識者千百人，非不多。其相與如骨肉兄弟者，亦且不少。或以事同；或以藝取；或慕其一善；或以其久故；或初不甚知而與之已密，其後無大惡，因不復决捨；或其人雖不皆入於善，而於己已厚，雖欲悔之不可。凡諸淺者固不足道，深者止如此。至於心所仰服，考之言行而無瑕尤，窺之閫奥而不見畛域，明白淳粹、輝光日新者，惟吾崔君一人。僕愚陋無所知曉，然聖人之書無所不讀，其精粗巨細，出入明晦，雖不盡識，抑不可謂不涉其流者也。以此而推之，以此而度之，誠知足下出群拔萃。無謂僕何從而得之也。與足下情義，寧須言而后自明邪？所以言者，懼足下以爲吾所與深者多，不置白黑於胸中耳。既謂能粗知足下，而復懼足下之不我知，亦過也。

比亦有人説足下誠盡善盡美，抑猶有可疑者。僕謂之曰：『何疑？』疑者曰：『君子當有所好惡，好惡不可不明。如清河者，人無賢愚，無不説其善，伏其爲人。以是而疑之耳。』僕應之曰：『鳳凰芝草，賢愚皆以爲美瑞；青天白日，奴隸亦知其清明。譬之食物，至於遐方异味，則有嗜者，有不嗜者；至於稻也，粱也，膾也，炙也，豈聞有不嗜者哉！疑者乃解。解不解，於吾崔君無所損益也。

自古賢者少，不肖者多。自省事已來，又見賢者恒不遇，不賢者比肩青紫；賢者恒無以自存，不賢者志滿氣得；賢者雖得卑位，則旋而死，不賢者或至眉壽。不知造物者意竟如何？無乃所好惡與人异心哉？又不知無乃都不省記、任其死生壽夭邪？未可知也。人固有薄卿相之官、千乘之位而甘陋巷菜羹者。同是人也，猶有好惡如此之异者，况天之與人，當必异其所好惡無疑也。合於天而乖於人何害？况又時有兼得者邪？崔君崔君，無怠無怠！

僕無以自全活者，從一官於此，轉困窮甚。思自放於伊、潁之上，當亦終得之。近者尤衰憊，左車第二牙無故摇動脱去；目視昏花，尋常間便不分人顔色；兩鬢半白，頭髮五分亦白其一，鬚亦有一莖兩莖白者。僕家不幸，諸父諸兄皆康彊早世；如僕者，又可以圖於久長哉？以此忽忽，思與足下相見，一道其懷。小兒女滿前，能不顧念！足下何由得歸北來？僕不樂江南，官滿便終老嵩下，足下可相就。僕不可去矣。珍重自愛，慎飲食，少思慮——惟此之望。愈再拜。

【評箋】

看他每段中，具無數曲折，感慨淋漓，能令千古失意人，讀之傷心欲絶。（林雲銘《韓文起》）

此書只是從肝鬲中流出，想見公含毫伸紙時心心相照，讀之使人增友義之重。（茅坤《唐宋八大家文鈔》引張伯行語）

附録

祭韓吏部文

〔唐〕劉禹錫

高山無窮，太華削成。人文無窮，夫子挺生。典訓爲徒，百家抗行。當時勍者，皆出其下。古人中求，爲敵蓋寡。貞元中，帝鼓薰琴。奕奕金馬，文章如林。君自幽谷，升於高岑。鸞鳳一鳴，蜩螗革音。手持文柄，高視寰海。權衡低昂，瞻我所在。三十餘年，聲名塞天。公鼎侯碑，志隧表阡。一字之價，輦金如山。

權豪來侮，人虎我鼠。然諾洞開，人金我灰。親親尚舊，宜其壽考。天人之學，可與論道。二者不至，至者其誰？豈天與人，好惡背馳？昔遇夫子，聰明勇奮。常操利刃，開我混沌。子長在筆，予長在論。持矛舉楯，卒不能困。時惟子厚，竄言其間。贊詞愉愉，固非顏顏。磅礴上下，羲農以還。會於有極，服之無言。（逸數字）

岐山威鳳不復鳴，華亭別鶴中夜驚。畏簡書兮拘印綬，思臨慟兮志莫就。生芻一束酒一杯，故人故人歆此來！

新唐書·韓愈列傳

〔宋〕歐陽修　宋祁

韓愈字退之，鄧州南陽人。七世祖茂，有功於後魏，封安定王。父仲卿，爲武昌令，有美政，既去，縣人刻石頌德。終秘書郎。

愈生三歲而孤，隨伯兄會貶官嶺表。會卒，嫂鄭鞠之。愈自知讀書，日記數千百言，比長，盡能通六經、百家學。擢進士第。會董晉爲宣武節度使，表署觀察推官。晋卒，愈從喪出，不四日，汴軍亂，乃去依武寧節度使張建封，建封辟府推官。操行堅正，鯁言無所忌。調四門博士，遷監察御史。上疏極論宫市，德宗怒，貶陽山令。有愛在民，民生子多以其姓字之。改江陵法曹參軍。元和初，權知國子博士，分司東都，三歲爲真。改都官員外郎，即拜河南令。遷職方員外郎。

華陰令柳澗有罪，前刺史劾奏之，未報而刺史罷。澗諷百姓遮索軍頓役直，後刺史惡之，按其獄，貶澗房州司馬。愈過華，以爲刺史陰相黨，上疏治之。既御史覆問，得澗贓，再貶封溪尉。愈坐是復爲博士。既才高數黜，官又下遷，乃作《進學解》以自諭曰：（略）。

執政覽之，奇其才，改比部郎中、史館修撰。轉考功，知制誥，進中書舍人。

初，憲宗將平蔡，命御史中丞裴度使諸軍按視。及還，且言賊可滅，與宰相議不合。愈亦奏言：

淮西連年修器械防守，金帛糧畜耗於給賞，執兵之卒四向侵掠，農夫織婦餉於其後，得不償費。比聞畜馬皆上槽櫪，此譬有十夫之力，自朝抵夕，跳躍叫呼，勢不支久，必自委頓。當其已衰，三尺童子可制其命。況以三州殘弊困劇之餘而當天下全力，其敗可立而待也。然未可知者，在陛下斷與不斷耳。夫兵不多不足以取勝，必勝之師不在速戰，兵多而戰不速則所費必廣。疆埸之上，日相攻劫，近賊州縣，賦役百端，小遇水旱，百姓愁苦。方此時，人人异議以惑陛下，陛下持之不堅，半途而罷，傷威損費，爲弊必深。所要先決於心，詳度本末，事至不惑，乃可圖功。

又言：『諸道兵羈旅單弱不足用，而界賊州縣，百姓習戰鬥，知賊深淺，若募以内軍，教不三月，一切可用。』又欲『四道置兵，道率三萬，畜力伺利，一日倶縱，則蔡首尾不救，可以責功』。執政不喜。會有人詆愈在江陵時爲裴均所厚，均子鍔素無狀，愈爲文章，字命鍔，謗語囂暴，由是改太子右庶子。及度以宰相節度彰義軍，宣慰淮西，奏愈行軍司馬。愈請乘遽先入汴，説韓弘使叶力。元濟平，遷刑部侍郎。

憲宗遣使者往鳳翔迎佛骨入禁中，三日，乃送佛祠。王公士人奔走膜唄，至爲夷法灼體膚，委珍貝，騰沓係路。愈聞惡之，乃上表曰：（略）。

表入，帝大怒，持示宰相，將抵以死。裴度、崔群曰：『愈言訐牾，罪之誠宜。然非内懷至忠，安能及此？願少寬假，以來諫争。』帝曰：『愈言我奉佛太過，猶可容；至謂東漢奉佛以後，天子咸夭促，言何乖剌邪？愈，人臣，狂妄敢爾，固不可赦。』於是中外駭懼，雖戚里諸貴，亦爲愈言，乃貶潮州刺史。

既至潮，以表哀謝曰：

臣以狂妄戇愚，不識禮度，陳佛骨事，言涉不恭，正名定罪，萬死莫塞。陛下哀臣愚忠，恕臣狂直，謂言雖可罪，心亦無它，特屈刑章，以臣爲潮州刺史。既免刑誅，又獲祿食，聖恩寬大，天地莫量，破腦刳心，豈足爲謝！

臣所領州，在廣府極東，過海口，下惡水，濤瀧壯猛，難計期程，颶風鱷魚，患禍不測。州南近界，漲海連天，毒霧瘴氛，日夕發作。臣少多病，年纔五十，髮白齒落，理不久長。加以罪犯至重，所處遠惡，憂惶慚悸，死亡無日。單立一身，朝無親黨，居蠻夷之地，與魑魅同群，苟非陛下哀而念之，誰肯爲臣言者？

臣受性愚陋，人事多所不通，惟酷好學問文章，未嘗一日暫廢，實爲時輩所見推許。臣於當時之文，亦未有過人者。至於論述陛下功德，與《詩》《書》相表裏，作爲歌詩，薦之郊廟，紀太山之封，鏤白玉之牒，鋪張對天之宏休，揚厲無前之偉績，編於《詩》《書》之策而無愧，措於天地之間而無虧，雖使古人復生，臣未肯讓。

伏以皇唐受命有天下，四海之内，莫不臣妾，南北東西，地各萬里。自天寶以後，政治少懈，文致未優，武剋不剛，孽臣奸隸，蠹居棊處，搖毒自防，外順内悖，父死子代，以祖以孫，如古諸侯，自擅其地，不朝不貢，六七十年。四聖傳序，以至陛下。陛下即位以來，躬親聽斷，旋乾轉坤，關機闔開，雷厲風飛，日月清照，天戈所麾，無不從順。宜定樂章，以告神明，東巡泰山，奏功皇天，具著顯庸，明示得意，使永永年服我成烈。當此之際，所謂千載一時不可逢之嘉會，而臣負罪嬰釁，自拘海島，戚戚嗟嗟，日與死迫，曾不得奏薄伎於從官之內、隸御之間，窮思畢精，以贖前過。懷痛窮天，死不閉目，伏惟陛下天地父母哀而憐之。

帝得表，頗感悔，欲復用之，持示宰相曰：『愈前所論是天愛朕，然不當言天子事佛乃年促耳。』皇甫鎛素忌愈直，即奏言：『愈終狂疏，可且內移。』乃改袁州刺史。

初，愈至潮，問民疾苦，皆曰：『惡溪有鱷魚，食民畜產且盡，民以是窮。』數日，自往視之，令其屬秦濟以一羊一豚投谿水而祝之曰：（略）。祝之夕，暴風震電起溪中，數日水盡涸，西徙六十里，自是潮無鱷魚患。

袁人以男女爲隸，過期不贖，則沒入之。愈至，悉計庸得贖所沒，歸之父母七百餘人。因與約，禁其爲隸。召拜國子祭酒，轉兵部侍郎。

鎮州亂，殺田弘正而立王廷湊，詔愈宣撫。既行，衆皆危之。元稹言：『韓愈可惜。』穆宗亦悔，詔愈度事從宜，無必入。愈至，廷湊嚴兵迓之，甲士陳廷。既坐，廷湊曰：『所以紛紛者，乃此士卒也。』愈大聲曰：『天子以公爲有將帥材，故賜以節，豈意同賊反邪？』語未終，士前奮曰：『先太師爲國擊朱滔，血衣猶在，此軍何負，乃以爲賊乎？』愈曰：『以爲爾不記先太師也，若猶記之，固善。天寶以來，安祿山、史思明、李希烈等有子若孫在乎？亦有居官者乎？』衆曰：『無。』愈曰：『田公以魏、博六州歸朝廷，官中書令，父子受旗節，劉悟、李祐皆大鎮，此爾軍所共聞也。』衆曰：『弘正刻，故此軍不安。』愈曰：『然爾曹亦害田公，又殘其家矣，復何道？』衆讙曰：『善。』廷湊慮衆變，疾麾使去。因曰：『今欲廷湊何所爲？』愈曰：『神策六軍將如牛元翼者爲不乏，但朝廷顧大體，不可弃之。公久圍之，何也？』廷湊曰：『即出之。』愈曰：『若爾，則無事矣。』會元翼亦潰圍出，廷湊不追。愈歸奏其語，帝大悦。轉吏部侍郎。

時宰相李逢吉惡李紳，欲逐之，遂以愈爲京兆尹、兼御史大夫，特詔不臺參，而除紳中丞。紳果劾奏愈，愈以詔自解。其後文刺紛然，宰相以臺、府不協，遂罷愈爲兵部侍郎，而出紳江西觀察使。紳見帝，得留，愈亦復爲吏部侍郎。長慶四年卒，年五十七，贈禮部尚書，謚曰文。

愈性明鋭，不詭隨。與人交，終始不少變。成就後進士，往往知名。經愈指授，皆稱『韓門弟子』，愈官顯，稍謝遣。凡内外親若交友無後者，爲嫁遣孤女而恤其家。嫂鄭喪，爲服期以報。

每言文章自漢司馬相如、太史公、劉向、楊雄後，作者不世出，故愈深探本元，卓然樹立，成一家言。其《原道》《原性》《師説》等數十篇，皆奥衍閎深，與孟軻、楊雄相表裏而佐佑六經云。至它文造端置辭，要爲不襲蹈前人者。然惟愈爲之，沛然若有餘，至其徒李翺、李漢、皇甫湜從而效之，遽不及遠甚。從愈游者，若孟郊、張籍，亦皆自名於時。

唐才子傳·韓愈

〔元〕辛文房

愈字退之，南陽人。早孤依嫂，讀書日記數千言，通百家。貞元八年擢第。凡三詣光範上書，始得調。董晋表署宣武節度推官。汴軍亂，去依張建封，辟府推官。遷監察御史。上疏論宫市，德宗怒，貶陽山令。有善政，改江陵法曹參軍。元和中，爲國子博士、河南令。愈以才高難容，累下遷，乃作《進學解》以自諭。執政奇其才，轉考功、知制誥，進中書舍人。裴度宣慰淮西，奏爲行軍司馬。賊平，遷刑部侍郎。憲宗遣使迎佛骨入禁中，因上表極諫，帝大怒，欲殺。裴度、崔群力救，乃貶潮州刺史。任後上表，陳詞哀切，詔量移袁州刺史。詔拜國子祭酒，轉兵部侍郎、京兆尹兼御史大夫。長慶四年卒。公英偉間生，才名冠世。繼道德之統，明列聖之心，獨濟狂瀾。詞彩燦爛，齊梁綺豔，毫髮都捐，有冠冕珮玉之氣，宮商金石之音，爲一代文宗，使頹綱復振，豈易言也哉？固無辭足以贊述云。至若歌詩累百篇，而驅駕氣勢，若掀雷走電，撐決於天地之垠，詞鋒學浪，先有定價也。時功曹張署亦工詩，與公同爲御史，又同遷謫，唱答見於集中。有詩賦雜文等四十卷，今行於世。

祭韩公祠文

〔清〕曾國藩

維年月日，具官某謹以清酒庶羞致祭於先儒昌黎韓子之神。維先生之明德，宜祀百世，文人學子皆所喻願。而禮典所載，獨配享先師孔子西廡，他無特祀。國藩前官翰林院詹事府，皆有先生祠堂。今承乏禮部，亦祀先生於官署之西北隅，而皆稱曰『土地祠』。國藩履任之日，敬謹展謁，乃神像之旁有先師孔子之木主，儼然在焉。竊以土地之稱，非經非訓。古者惟天子得祭天地，諸侯則社以祭土，大夫以下成群立社，多者二千五百家或百家以上，小者二十五家。蓋土爰稼穡，民生所賴。凡食毛踐土者，皆得祭以報功。義固然也。自唐以下，有城隍之祀。世傳張説所爲祭文及李陽冰碑記舊已。今天下由京都以至行省郡縣，皆立朝以妥城隍。原

《易》有『城復于隍』之占，禮有『八蜡水庸』之祭。高壘深池以捍民患。推社之義而爲之立祀，理亦宜之。獨土地之祀，不可究其從始。國藩所居之鄉，或家立一神，或村置一廟，大抵與古之里社相類。而京師官署，尤多有土地祠，往往取先代有名德者祀之。先生之生，未嘗莅官禮部，今歿已千年，所謂神在天上，如水之在地，中無所不際。而謂僅妥侑於一署之內，丈室之中，如古所稱社公云者，亦以黷慢甚矣。若先師孔子，則先生所誦法終身者也。先生嘗羨顏氏得聖人以爲依歸，若深自嘆恨不得與於弟子之列，而無知者乃位孔子於尊容之旁。先生而果陟降在兹，其必蹙然不安也。國藩瞻禮之餘，詢諸胥吏，舉不辨其由來。舊例，春秋以蕭薌奉祀先生，國藩亦且循沿習之常，以致吾欽嚮之私。惟於孔子之位措置失宜，則不敢須臾蹈故，懼干大戾。謹奉木主，爇香焚之。既敬告所以，因爲之詩歌，使工歌以人聲，冀先生之神安休於此。不腆之誠，庶爲歆鑒！

詩曰：

皇頡造文，萬物咸秩。尼山纂經，懸於星日。衰周道溺，踵以秦灰。繼世文士，莫究根荄。炎劉之興，炳有揚、馬。沿魏及隋，無與紹者。天不喪文，蔚起巨唐。誕降先生，掩薄三光。非經不效，非孔不研。一字之愜，通於皇天。上起八代，下垂千紀。民到於今，恭循成軌。予末小子，少知服膺。朗誦遺集，尊靈式憑。濫廁秩宗，載瞻祠宇。師保如臨，進退維傴。位之不當，宣聖在旁。大祀躋億，前哲所匡。我來戾止，神其安怗。敬奠椒漿，式告來葉。